歯軋り

HAGISHIRI

楕円と四角形

御田観月

MITA Kangetsu

文芸社

はじめに

本書を手に取っていただきました読者の皆様に一言お礼を申し上げる。

教育現場は一般的にはよく知られていないことが多く、「社会一般とかけ離れた部分がある」と多くの読者は感じているかもしれない。本書は今まで小説化されることのなかった教員と校長あるいは理事長との関係から、一般社会と隔絶された教育現場の特殊性と暗部を痛烈に描写した。いわば、教育現場の内面を鋭く描いたものである。

これは書くべき者が社会に出した一冊といえる。

というのも、筆者は一般企業から教育界に転じた経歴を持つ。職場環境や文化がまったく異なる職場で、学校づくりに教職員と共に奔走した経験をした。独自の視点から教育者気質や教育現場の独善性や閉鎖性をも鋭く抉った。

そして人間葛藤の渦に苛まれる主人公深坂《みさか》純平《じゅんぺい》を臨場感あふれる人間として登場させている。

本書が問うものは何であるのか。

ページを開く読者の胸の高鳴りを期待してやまない。

深坂《みさか》純平《じゅんぺい》は姫路の城が好きである。仕事帰りに一朶の雲のかたわらで威風堂々と聳える白鷺城を眺めるのが好きだった。

側には白い尖塔の学校の庭に赤い百合が咲いていた。白と赤のコントラストがあたかも源平合戦を思わせる。

しかし純平はコロナ禍によるパンデミックの只中、二〇二一年三月末に横浜に戻った。

1

春には花がほころび、虫が蠢動する。花笑みの季節、深坂純平は丘の上の学校に通う。高校を卒業して長いこと校歌などは歌ったことがなかった。純平は、青春かながわ校歌祭に初めて参加した。もともとあまり関心を持っていない催しではあったが、母校が幹事校となり、クラスメートの同窓会長からのたっての依頼で参加した。県立高校は二〇二三年には百三十五校を数える。一八九七（明治三〇）年創立の旧県立横浜第一中学、県立横浜第二中学校や県立平塚高等女学校など、百年以上の歴史を誇る名門校も数多参加する。

純平は創立八十年の伝統校を卒業した。地元では山の上の学校と評され、一九六〇年代当時、大学進学率がまだ一〇%台であった時代に、多くの大学進学者を輩出していた、いわば進学校であった。

純平は校歌の三番が特に好きであった。

茨の道をあした拓き
命の泉ゆふべ汲みて
青春みのり多かれと

競えば躍る熱き胸
若きつどいを育みて
学びや永遠に光あれ

校歌祭でクラスメートと共に三番までを高らかに歌い上げた。感慨深い歌詞に涙したい思いであった。それは純平に高等学校入学の前年、一九六八年（昭和四十三年）を思い出させた。

＊

当時、父親が事業に失敗し、家や財産のすべてを失っていた。まごうことなき社会のどん底へと追いやられてしまった。

担任からは「全日制の普通高校では大学進学が目標となる。それよりも卒業後の就職に有利な学校はどうだ？」と勧められた。

旧横浜商法学校は明治十四年の創立で旧県立横浜第一中学校よりも創立が古く、横浜港の栄華を偲ばせる校歌の作詞者は文豪森鷗外であった。横浜ではY校の名で誰もが知る名門校であった。当然のことながら就職先も名だたる会社ばかりであった。

「考えてみます」

あいまいな返事をしたものの、心は決まっていた。大学に行きたかった。成績も良かったこともあり、周囲もそれを期待していた。純平の家庭が苦難の道をたどる前までは。

それよりも前、純平は子どもの頃に家庭の経済的理由から公立の小学校に転校した。転校先の学校では革靴を履いていたことから「かわぐつ」の綽名がついた。児童会委員に選ばれたが、担任からいつ転校するかわからないという理由で辞退を勧められた。

この頃から、クラスメートに知られず耐える「歯軋り」をするようになった。それ以来、歯軋りが何事にも耐え忍ぶ唯一の術となった。

*

校歌祭では、純平は卒業した学校が幹事校のため、開場前から立て看板の設置、舞台の設営、来賓対応、出場二十六校の受付設置や弁当の手配までの準備に精を出した。久方ぶりの裏方仕事であった。

開幕されると、

眉わかく　常に純なり
天与の稟質　磨け我と
開けよこの窓　すべて光らむ

北原白秋の詞もよし、山田耕筰の曲もよしの湘南高校の校歌にただただ聞きほれる。間然するところない名曲である。

朝あけは近づけり
　人の世に生きゆく力
若き日の情熱よ
　さしのぼる朝日子のごと

三好達治の歌詞補修で、曲が團伊玖磨の旧制県立第四中学校だった横須賀高校の校歌も心に残った。

旧制高等女学校は、皇国《すめぐに》、大君、姫の御名、皇国《みくに》など今の時代であれば歌うことを憚られる言葉も多く盛り込まれていた。時代を反映した歌詞が胸に沁みた。が、横浜第一高等女学校は第二次世界大戦後に、「教への道のみことのり」という教育勅語を示す歌詞を「学びの道にいそしむは」に変更している。

「皇国《みくに》の精華と花咲き続く」と大太鼓の音と共に一声高く耳をつんざく声が会場内に轟いた。そして、校歌を高唱する一団を背にして、着物、袴と蛮カラマントに下駄ばきのいでたちの一群が舞台中央に現れた。途端に、会場内から「うおー」とどよめきが響いた。往時を偲ばせる旧制中学校ならではの形《なり》に大きな拍手と歓声が沸いた。天を衝くように校歌を高吟するOBの姿は圧巻であった。

蛮カラのいでたちといえば、純平には、「旧制中学と師範学校生徒の感情的な対立から、祭りや町の行事の最中に小競り合いやいざこざが絶えなかった」といった小説で読んだ記憶があるが、作者が誰かは思い出せなかった。

当時、師範学校の学生は税金で学業に必要なほぼすべてをまかなってもらっていた。旧制中学生は優越的な意識から「地方税」と師範学校の学生を揶揄していたことからも、その感情的な対立が根強かったことが脳裏をかすめた。

（今でも学校現場ではこの種の感情的な対立が形を変えてあるのか）

純平はそんな思いに駆られた。

2

純平が希望にあふれて入学した高等学校では、東大安田講堂事件の学生運動の余波を受けて、一九六九年九月にバリケード封鎖が行われ、生徒のみならず、教員と職員も校内への立ち入りが一切できなくなった事件が発生した。中間試験は急遽中止となり、授業も数か月行われない状態が続いた。

英語の授業でのことである。

「それでは教科書の五十六ページを開いて」と箕輪教諭が言った途端、

「今までの授業を総括しろ」

学園紛争に関わっていたと思われる永山隼人が、教壇に立つ長髪の箕輪を指さして糾弾し始めた。

「今日は授業をしよう。次の時間に討論しようじゃないか」

「総括が先だ。我々の要望も聞けんのか、この体制の犬が！」

永山は箕輪を押しのけて教壇に仁王立ちになって雄叫びを上げた。

「永山やめろ」

「緊急集会にしろ」

教室内は騒然となり、結局、教壇に立つ永山の言い分に押し切られた。

「箕輪の授業を我々が総括する」

すでに教室の隅に追いやられた英語教諭の箕輪は黙って目を閉じたままでいた。

「箕輪の授業は自主性を悉く欠いている。そもそも、生徒を指名して答えさせるなどは教員の怠慢の最たるものだ」

「そうだ！」

相槌を打ったのは、永山と同じ中学出身の佐藤春雄であった。

永山は勢いを増して、

「試験の結果を成績順位ごとに貼りだすことは勉学偏重で、人格形成上における本校生徒の尊厳を著しく排除するものである。男女クラスがありながら、男子クラスと女子クラスが別にあるのは生徒の基本的人権の軽視と言わざるを得ない」

永山は拳を高く上げ続けている。

「他にも大学別に進学者名を掲示する、制服制帽の着用の義務付け、カリキュラムの押しつけ、学校管理の文化祭・体育祭運営に断固反対する」

永山は英語の授業についての意見や要望ではなく、生徒を取り巻く学校環境の改革を盛んに叫び続けた。口角泡を飛ばすようなアジ演説だ。

「そうだ！」と再び佐藤が相槌を打った。

一部の内容は、他の生徒にもなるほどと頷けるものであったが、ほとんどの生徒は無言でいた。

「けど、それって英語の授業に関係ないでしょ」

普段めったに無駄口をたたかない星加賢二が言った途端、多くの生徒から失笑が漏れた。

「永山は『自由と規律』という本を読んだことがあるか？」

級長の純平が言い放った。

永山はもぞもぞしだした。永山のもとに佐藤が急ぎ行った。何やらひそひそ話をしだす。

丁度、終業のチャイムが鳴った。

「今日のところはこれぐらいにする。お前らも三無主義ではいかんぞ。今こそ目を覚ますのだ。いいか諸君、体制を打破するのだ」

拳を高く突き上げ扇動した。

級長が席から立ち上がり、「起立」と言葉を発した。生徒は、いつもの習慣で立ち上がって椅子を引き、「礼」と言う級長の言葉に従って、大半の生徒が英語教諭に向かって礼をした。

放課後には、教職員を交えての全校生徒集会が繰り返し行われた。生徒集会は当初こそ熱気を帯びて、生徒の参加者も多く、陽が落ちてからも熱心に続けられた。が、次第に生徒の参加者は減っていった。図書館で自習を始める者やグラウンドで部活の自主練習する者が増えだした。生徒集会は特定のセクトに属す生徒の参加と一部の教職員とのやり取りに変わっていった。

学園紛争が収まった翌年の新年度からは、すべてのクラスが男女混合クラスとなり、制服・制帽の義務化も緩和された。成績や進学先の張り出しはなくなり、生徒代表の要求がほぼ通った自由な学校に変わった。

高校の学園紛争は全国的にも進学校のシンボリックな出来事となっていたが、純平の学校は進学一辺倒のカリキュラムから選択科目が大幅に増えた内容に切り替わった。生徒の自由度と引き換えに、教員の進路指導に対する熱意も自然と薄らいでいった。

純平が高校生の一九六九年から一九七二年は、アポロ11号の人類史上初の有人月面着陸、中華人民共和国の国連加盟、変動為替制への移行期など、世界の激動期と重なった。国内でも全共闘世代の活動を筆頭に、三島由紀夫の割腹自殺、連合赤軍のあさま山荘事件、札幌冬季オリンピックと、とにかく社会が揺れ動いた時期でもあった。

純平は、学園紛争が沈静化する中で、自由奔放な学校として生まれ変わったことを理由に、部活動にも学業にも身が入らず、かつて永山の「三無主義ではいかんぞ。目を覚ませ」の言葉とは裏腹に、無気力、無関心、無責任の態度をとる人間になっていた。

愛読書はヘルマン・ヘッセの『車輪の下』『知と愛』やヘーゲルの『法の哲学』などであった。男女混合クラスになってから原敦子と付き合うようになった。授業を抜け出して、二人で詩集を読んだり、放課後に連れだって喫茶店に立ち寄ったり、校則を破ることも度々あった。敦子はませていて純平の誘惑者であった。

当然のことながら成績は落ちていく。履修単位すれすれで三年への進級もままならないほどに墜ちていた。ハンス・ギーベンラートやゴルトムントの生き方に憧れた。

純平は落第には至らなかったが、国立大学には遠く及ばず、高校卒業後、一浪して奨学金とアルバイトをしながら東京の私立大学に通った。大学に入学してからは他大学に行った敦子とは会うこともなかった。

＊

大学に入学した一九七三年、栗花落の季節となった。体が弱かった母、倖子《さちこ》が庭の紫陽花を見ながら、

「雨に濡れると紫陽花はいいわね。普段とは違ってひときわ輝きが増す。純平さんもきっと輝く時が来るわ」

こんな親子の会話を残した後、宿痾に悩んだ末にこの世を去った。

倖子は、純平が途中まで通っていた私立小学校で被っていた紺のフェルトクレマンの帽子を納戸に大切に仕舞っていた。

「納戸に大切にとってある帽子を忘れずに生きていくのよ」

そう言い残した。

純平は歯軋りをした。私立小学校に通い、父の商売の関係でやむを得なく公立小学校に転校した。あの帽子を被って学校へ行くことはもうなかった。母の言葉を耳にして、涙がとめどなく頬を落ちていった。

純平は糸が切れた凧のように、世の中を、社会を呆然とぶらぶらするようになった。酒やタバコも覚えた。同じ法学部の米倉佳代子と付き合うようになった。

入学当初は特待生で学費免除待遇であった。母を失ってからは学問に身が入らず、二年目からは学費免除の特待生から外された。

佳代子から、「深坂君は司法試験を受けないの？」との言葉を投げかけられた。

「まだ決めてない。どうするかな」

「受けるなら今のうちから準備しないと。一緒に勉強しない」

「そうだな、気が向いたらやり始めるよ」

気のない返事をした。

純平は実定法より法哲学に興味を持ち始めていた。法学書よりも文学書と哲学書を読むことが多かった。佳代子とは図書館で遇っても、法律関係の書庫に近い席と、文学・哲学書に近い席とは隔たりがあって、離れた席に別々に腰かけることが多くなった。

ある日、佳代子から、

「私、司法試験の準備のためにしばらく大分に帰るわ。深坂君もせいぜい頑張ってね」

と、別れの挨拶をされた。そっけない言葉が純平の心を揺さぶった。

(世の中とはこんなもんか)

純平は「真実は体験するもので、教わるものではない」というヘッセの言葉を思い起こしていた。そして「きっと輝く時が来るわ」と言い残して逝った母の言葉が胸を突いた。母のことを夙夜忘れることはなかった。

こうして、高校の学園紛争以来、三無主義に浸っていた純平は、自己の未熟さに風穴を開けようと必死にもがいていた。佳代子と別れてから心の迷いからやっと目を覚ました。

純平はたじろぐ間もなく、貧乏学生は学問で身を立てるしかないとの強い思いから大学院進学を目指した。学問に没頭し、久しぶりに専門書を耽読した。真剣に書物を読むことで生きがいを感じた。図書館でも他の大学院志望者に引けを取らないほど専門書を読みふけった。純平は必死であった。

大学院進学の推薦を受けようと教授の部屋を訪れた。山と積まれた書籍に埋もれた教授室で、研究者になるにはこれほど本を読まなくてはならないのかと思った。

意外にも指導教授から、

「深坂君、大学院を受けるのかね」

「はい、そのつもりです。今日は推薦状をいただきたくご相談に参りました」

「そうかね。僕の推薦枠はすでに埋まっている。悪く思わんでくれるかな」

「推薦がもらえないということでしょうか」

「結論から言うとそうなる。うちではなく、他の大学院であれば推薦は吝かでないがね」

「私は先生のいらっしゃるこの大学の大学院を希望しています」

「そうか、では正直に話をしよう。君は研究者より実業で法律を活かした方が向いている」

就職を勧められた。

大学院進学から就職に進路変更するにはかなり躊躇の気持ちも働いた。指導教授の推薦が得られない以上、この大学の大学院に進むことは難しいと考えた。かといって他の大学院では忸怩たる思いが募った。純平は否定されたユートピアを求めるより現実に未来を託そうと考えた。

というのも、確かに大学院を出ても、法哲学専攻の大学教員になるにはそれなりの時間がかかる。収入の確固たる目途が立ちづらい大学教員の道よりは、実業の社会に飛び込んだ方がすぐにでも収入を得られる。そちらの選択肢の方が家族を食わせるにはいいかもしれないと思い直した。

意を決し就職試験を受けることにした。純平の大学からはその企業には毎年多くの学生が入社していた。指導教授の推薦もあって、当時、学生から人気のあった電機メーカーのソナスからなんとか内定を得ることができた。嬉しさ半分、未練半分の心境であったが、内定した会社から郵送されてきた入社前レポートに取り組んだ。

3

一九七七年四月、純平は電機メーカーに入社した。法務部、人事部、総務部などをおおよそ二年おきに異動し、音響事業本部や出向先での仕事にも携わった。アメリカではホームビデオの訴訟にも直面した。帰国後は、ビデオの規格問題でライバルメーカーのＶＨＳとの熾烈なビジネス競争も経験した。

入社して十五年を迎える頃には、事業本部で管理職として脂がのった時期を迎えた。パスポートサイズのビデオカメラが大ヒットした時期には、映像事業本部で海外マーケティング部の課長としての仕事をしていた。そんな折、アメリカでバッテリーの発火事故が発生した。

この事故をきっかけに、全品回収か否かの大問題に波及した。事業本部の上層部は回収もやむなしとの判断で、通産省と調整に入った。

純平は、全世界への出荷台数における発火事故率を試算した。五万台に一つの確率で事故が起こっていた。発火事故それ自体は大きな問題であるが、事故率は微少であった。アメリカの知り合いの弁護士に相談を持ちかけた。

「ホームビデオの訴訟で敗訴したことを忘れていない全米電子機器協会が訴訟を起こしている」とのコメントを得ていた。

純平は、ソナス製品の付属バッテリーが金属片などに接触しないことを明記することで、全品回収は避けられると考えた。「バッテリーに注意事項を明記し、取り扱い説明書にも同様の注意書きを追記する」という改善策を、経営トップに具申するよう事業部長に提案した。

大神社長のいる本社ビルに映像担当副社長が行くことになった。純平は事業本部長、事業部長に随伴した。大神社長は事業部長と事業本部長からマーケット状況と、通産省との折衝の報告を静かに聞いていた。事業部長が純平に合図した。

「アメリカのロイヤーの見解は次の通りです。アメリカ側はかつてのビデオ裁判の敗訴を忘れていません。今回の発火事故を意趣返しの絶好の機会と考えているようです。事故率は五万台に一件の確率です」

純平は大神社長をまっすぐ見ながら説明した。大神社長は純平の説明を聞くなり、

「発火事故率はいたって軽微な数値だ。バッテリーと取り扱い説明書に注意書きを大至急付記することで乗り切れる。アメリカの弁護士からも言質を取ってある」

大神社長は左口元の上にある黒子に触れながら、映像担当副社長に解決策を指示した。

「通産省とアメリカの顧問弁護士にネゴシエーションした結果を明日中に知らせてくれ。深坂さん、この方法でいいね」

「その内容で結構です」

トップの決断は明快であった。

ソナスでは社員を「さん付け」で呼ぶ習慣があった。社長でも純平を「深坂さん」と言ったのは社風からである。

その後、発火事件はなく、ヒット商品の全面回収は避けることができた。メーカーとしての信用失墜を防ぐことができた。そして、莫大な回収費用の拠出も回避できた。


しばらくして、大神社長が映像事業本部の副社長室に立ち寄った。純平だけが副社長室に呼ばれた。

「君の的確な分析と提案のお蔭で、世界からの信頼を得ることができた。ありがとう」

大神社長から直々にお礼を言われた。

「これはお礼だ。時間を割いて是非来てくれないか」

鳥井音楽ホールでのコンサートチケットをプレゼントされた。

妻の萌々子《ももこ》を誘って、赤坂の鳥井音楽ホールで大神社長がタクトを振るコンサートに出かけた。純平はこの会社に入って本当に良かったと思った。指導教授の牛田先生の勧めがなければ、こんな経験もできなかった。

4

時を経て、二〇〇一年九月、純平は気抜けしてぼんやりしながら経営トップと一緒に写った写真を見ていた。時折、書類に視線を落とすも文字面をただ追っているだけだ。文章自体をよく理解するとか、内容をきちんと咀嚼しようといったものではないので、すぐにあきてしまう。集中力が失せて度々欠伸が出る。

秘書から「ご昼食はどうなさいますか？」と尋ねられ、ふと思い出した。

「そうだな。たまには外で食べてみるか」

「午後のスケジュールを念のためにご確認願えますか」

一日のスケジュールが入った表を見た。

「特に、緊急の会議や打ち合わせはないわけだね」

「はい。そのようです」

秘書も諦めを滲ませた。

「では、ちょっと人と会うので、ゆっくり話をした後で帰社する。三時過ぎには戻る」

純平は、ビデオカメラ、パソコンや携帯電話などに使うバッテリー事業本部の責任者であった。しかし一か月前に、ＥＶ用のバッテリー事業会社をスタートアップする提案を役員会に諮った。ところが井田社長の決裁が下りなかった。そのあおりからか、純平に電機連合会の専務理事としての異動辞令が急に出たのである。

井田社長からの命で、パソコン用の駆動電源としてもっと軽くて薄い、そして小さく長寿命のリチウムイオンバッテリーの開発を早急にするように急き立てられていた。しかし純平の提案は、中長期の事業分野で、しかも希少価値のリチウムを使わない新たな事業であった。井田社長の考えとは大きく異なっていた。

今回の異動の表向きの理由は、ＥＶ用のバッテリーのマーケット分析と自動車と電機業界の融合を見極めるためとのことであった。しかし純平の後任者は井田社長の子飼いで若手の人間であった。アメリカで系列の映画会社の社長を歴任し、本社に戻るきっかけを待っていたとの噂が絶えなかった人間である。

（物事には表があれば裏がある。腹心を海外から呼び戻す人事異動に伴う玉突き人事の典型だろうか）

純平はそう考えていた。

純平はお堀端のホテルの駐車場で、「二時間ほどしたら携帯に連絡する」と専属のドライバーに伝えた。

皇居の外堀がよく見えるレストランの席についた。

電話で連絡した相手を見るなり、

「やあ。忙しいところ呼び出したりしてすまなかった」

「久しぶりに電話をもらって驚いたよ。ところで、深坂、何か相談事でもあるのか?」

「三上、よくわかったな。図星だよ」

「つい最近の日邦経済新聞に、お前の会社が自動車用のバッテリーをやらんという記事を読んで、深坂の顔がふと浮かんだわけだ」

「なるほどな。ところで俺は本社をお払い箱になる」

「井田さんも思い切った人事をするな」

「子飼いの虹野昭夫が俺の後任だ」

「へえ、虹野といえば、アメリカのお前のところの映画会社の社長じゃないのか」

「そうだけどね……」

「井田社長と同じように、新聞や経済誌によく取り上げられているからな。俺も顔と名前だけは知っている」

「俺は、三上の銀行から目と鼻の先の電機連合会に異動する」

純平は顎に手を当てて言った。

「ポストは？」

「専務理事とかで。統括専務理事は通産省からの天下りで、基幹事業担当は門真電器の出向者だ。俺は無任所の専務理事だ」

純平は吐き捨てるように今の気持ちを三上にぶつけた。

「お前はまだ四十代後半で、うまくやれば役員の目だってあるのになぁ」

「そういうお前だって、都市銀行の本店調査役じゃないか。役員は目前じゃないのか」

「大手の銀行同士の合併から再生された銀行だから、人事も順送りだ。二年かそこいら海外経験すれば、執行役員ぐらいにはしてもらえるはずだ。ところで、うちの取引先で私立の学校法人があるのだけれど、海外に日本の優秀な生徒や学生を留学させたいと考えている。良い人材がいれば経営陣に送り込みたいんだ。深坂、お前どうだ？」

「勧めてくれてありがとう。そうだな、当面異動先でやってみるよ。今日は愚痴めいたことを聞いてもらって、これですっきりした」

「深坂、何かあれば遠慮なく言ってくれよ。少しすると俺も海外勤務だからな」

三上と固く握手して会社に戻った。

大学の学位記授与式の日、大隈講堂で握手して以来、久々の感激を覚えた。

お堀端を右手に見て、晴海通りを左折して桜田通りを虎ノ門方向に車は向かった。左手に東京高等裁判所を過ぎた辺りで、純平は今後のことを考えて深い溜息を洩らした。出向先での仕事や片道切符で本社に戻ることなく、悲劇の主人公として「このまま終わってしまう」との鬼胎がなかったわけではない。車が馴染みのある三田四丁目付近を通り過ぎると、深淵に仕舞い込まれた母からの言葉「純平さんもきっと輝く時が来るわ」が、純平の体内にもぐりこみ、生きる力を漲らせてくれている錯覚を覚えた。

「置かれた場所で咲きなさい」

母の生きる作法に純平は自らを重ね合わせたいと思った。


会社に戻ると、純平は不用となる書類の破棄やメールの整理などに追われた。ついつい秘書を帰す時間を忘れていた。

時計が二十時を回った頃、秘書が部屋に遠慮しがちに入ってきた。

「もうこんな時間か。すまない、遅くなって。私は書類整理をしてから帰るから、大見さんはもう帰って。配車室に連絡しておいてから帰ってください」

「はい、畏まりました。では明日またよろしくお願いいたします」

ほんのたまに秘書と、白と赤のワインを楽しみながら食事をすることがあった。白ワインを好んだ大見勝子は冷静で、仕事もよくできた。純平は彼女の仕事ぶりと人間性を買っていた。純平は、彼女の今後のことも考えてあげなければな、と思い、同期入社の秘書部長の山口紀夫にメールを打った。

「後任の虹野事業本部長が秘書を指名してきたので、大見勝子さんの異動をよしなにお願いします」

地下の配車室に連絡してから部屋の明かりを消し、エレベーターホールに向かった。待機していた社用車の後部座席に疲れた体をどっかり預けた。うなぎの寝床のような長い建物内にはまだ数か所明かりが灯っていた。「明日でこの職場も最後か」と感慨にふけりながら、車は御殿山の本社を通過した。忘れもしない苦い体験がよぎった。

＊

「なぜだ！」

大神社長から叱責の声が響いた。

純平が入社して六年目のことである。入社時は法務部に所属したが、人事部に異動後しばらくして、会社のことをよく理解するにはもっと製品のことを知る必要があると思いたち、音響事業本部に配置転換してもらった。携帯用の音楽再生プレーヤーが発売されて爆発的に売れた数年後の一九八三年十月のことであった。

品川駅前のホテルでのディーラーコンベンション前日だった。

「社長が視察に来られます」

管理職から会場内にアナウンスがあった。蜘蛛の子を散らすように、部屋から一目散に逃げ出すのがわかった。

「早く来い、深坂！」

「えっ？　どうしたらいいのですか？」

「早くバックヤードに移動しろ」

「はあ……」

先輩社員の声がはっきりと聞こえた途端、眼前にダークスーツを着た数人が現れた。後ろに続く賓客を先導するように皆腰をかがめて、先頭の者が誘導していた。

賓客が隠れ遅れた純平の前で、何を思ったのか、ふと立ち止まった。

「君、説明しなさい」

賓客を誘導していた者から指示を受けた。

純平はバックヤードから心配顔を覗かせた先輩社員に目配せした。先輩は顎を軽く出して、「お前が説明しなさい」と言いたげな仕草をした。

「モニターに映るのはバッテリーの消耗とノイズの関係です。製品からノイズが……」

説明が始まるや否や、

「なぜだ！」

太く通る声が部屋中に木霊した。

「なぜだ！」

再び理由を問い質された。今度はさらに大きな声となっていた。

純平は狼狽した。唇が乾き、頭の中は真っ白になった。先輩社員の姿が見えないことを確認し、頼れる者もなく、

「稀にノイズが発生することもあり、ありまして……」

しどろもどろの説明に業を煮やした賓客は、「ふうん」と言って純平の名札を確認した。そして再び「ふうん」と言ったきり、数人の取り巻きと共にその場を離れて、他の場所に移って行った。

先輩はバックヤードからモニターの前に出てきて、純平の肩を突いた。顔は青ざめていた。

「お前、社長の前で何てことをしでかしたんだ」

「やはり社長でしたか」

純平は何が何だかわからずに肩を落として口ごもった。

そして、すぐに事業部に戻るよう連絡があった。

着いてみれば、てんやわんやの大騒ぎであった。

「ご迷惑をおかけし……」

「深坂はどいていろ。邪魔だ！」

「お前のせいで今夜は徹夜だぞ」

罵声を浴びせられた。

「事業部長から指示があるから、みんな早めに夜食を済ませておいてくれ」

係長から声が掛かった。皆そそくさと社員食堂に行った。

純平は事業部長が戻るのをじっと待った。事態の推移をじっと見守るしかなかった。

翌日のディーラーコンベンションにはモニターを使わずに、説明用パネルのみを展示するよう上から指示があった。新たなパネルの制作と説明資料の作り替えで、その日は徹夜作業となった。事業部長以下関係者全員が朝まで一睡もすることなく、ディーラーコンベンションの本番を迎えることになった。

あの時は事業部のメンバーに随分と迷惑をかけた。そんな純平がバッテリー事業本部長となった。不思議な縁《えにし》だと思った。

＊

バッテリー事業本部長になってしばらくした二〇〇〇年、従来の路線に加え、今後の需要拡大が最も見込める車載用バッテリーの開発と販売に転換する新規事業を構想した。その提案を大神社長の後任となった井田社長にしたのだ。ハイブリッド車が発売されたばかりで、バッテリー駆動エンジンやEVビジネスを本格的に構想している企業は未だなかった。純平の提案した革新的な次世代構想は時期尚早感が否めなかった。今回の異動がその辺の事情があってのことかはわからなかった。

5

二〇〇一年十月、純平は電機連合会に異動した。無任所の専務理事で、取り立ててする仕事もこれといって思い浮かばなかった。異動にあたって井田社長から言われた「車載用バッテリーのマーケット分析」を調査しようと思った。さらに、自動車と電機業界の融合についても検証してみたいと思った。

一九九八年当時、業界ではリチウムイオン電池の量産がやっと軌道に乗り始めていた。携帯用の音響機器、ビデオカメラやラップトップパソコンにようやく搭載されるようになった。スマホがまだ携帯電話と言われていた二〇〇〇年頃は、角型のリチウムイオン電池の量産がようやく始まったばかりで、リチウムイオン電池を車載用に採用する企業などはもちろんなかった。自動車業界最大手の企業ですらガソリン車を主力としていて、車載用のバッテリーは補助駆動する程度であった。

お堀端の電機連合会には電車で通った。時差通勤が可能であったので、通勤ラッシュはなんとか避けることができた。

ＪＲの東京駅から歩いてもさほど時間がかからない場所にあった。今までよりは精神的にものんびりとしていたのでお堀端を散歩気分で通勤できた。

「これでいいのか？」と問いかけることもあったが、サラリーマンの充電期間と割り切って仕事をすることにした。

＊

半年ほど過ぎた頃、通産省出身の金子統括専務理事から、

「深坂さん、ここでの仕事も慣れた頃でしょうから、今度、中国で日中韓印の会議があるので出席してもらってもいいですか？」

「異動してさほど時間も経ってもいませんが私でよいのでしょうか」

純平は遠慮を交えて答えた。

「ソナスでのキャリアを考えたら、こちらでの期間はあまり関係ありませんから」

金子は純平に好意的であった。

「どのような会議なのでしょうか」

「そうね、四か国の情報通信事業の今後についての討議になるとは思います。それと深坂さんが関心を持たれている車載用のバッテリーの動向も調査してきてもらえますか」

「私が車載用のバッテリーに関心があることはどこからお聞きになったのでしょうか」

金子は笑顔を絶やさなかった。統括専務理事として大手電機メーカーの経営者とは頻繁に情報交換をしていた。純平は金子統括専務理事に親近感を持ち始めた。

二〇〇二年春、純平は中国出張の準備に取り掛かった。専務理事の三人に一人の秘書であったため、航空券以外はすべて自分で準備しなくてはならなかった。

中国、韓国、インドの情報通信事業の予備資料を整え、日本の情報通信事業についてのプレゼン資料も作成した。今までの習慣で、出張の一週間前までに金子統括専務理事にプレゼン資料の説明をした。

「よくまとまっています。私からは特段の要望はありません。とにかく、深坂さんの感じたことを率直に発言されて結構ですから」

純平は拍子抜けしてしまった。

「詳しい内容を聞かれることもありますがうまくやってください。通産省から塩田課長補佐が随行しますので」

「そうですか。初めて知りました」

お目付け役がちゃんと準備されていて、お膳立てはできているのだと思った。

成田空港から西安咸陽空港までは四時間少しで到着する。成田空港のロビーで純平は通産省の塩田課長補佐と初めて会った。簡単に名刺交換し、世間話を交えながら日中韓印の会議について当たり障りのない話をした。

機内では塩田と席が離れていたこともあり、機窓から見える大海、煙突から噴き出る白煙が団地のように並ぶ沿岸部や茫漠たる内陸を眺めた。眠れる獅子のこの国がこれからどれほどの巨大さを持つことになるのか、期待と心配の入り交じった気持ちを抱いた。

西安咸陽空港では西安市の手配による黒塗りのベンツが待ち構えていた。軍服を着た案内の者に誘導されるままに車に乗り込んだ。ベンツに乗り込む直前に西安电視台の腕章を付けた係員から、「西安訪問の目的は?」と、片言の日本語でマイクを向けられた。二人とも促されるままに無言で車に乗り込むと、

「日本政府からの要人を警護して空港を出発しました。これより西安人民公会堂に向かいます」

助手席の通訳がどこかに連絡した内容を、改めて日本語で純平らに告げた。

純平はこれから何が起こるのだろうかと思案した。隣席の塩田課長補佐はすました顔で空港周辺の風景を眺めていた。道路は舗装されてはおらず土埃が舞い上がる。路面には多くの店が乱雑に建ち並んでいた。うごめく人の群れからは貧しさから脱却したいという人間の鼓動が感じられた。

「塩田さん、中国の発展は都市部を除くと、奥部はこれからですね」

「そうですね。しかし、深圳の発展を見れば、一夜にして様変わりするのがこの国の特長ですから、今後が楽しみです」

純平は塩田の言い放った「発展」をいぶかしんだ。塩田は純平の不安をよそに中国の「発展」への期待を滲ませた。

一時間ほど郊外を車で通り抜けると、市の中心部に辿り着いた。至る所に「四个现代化」の標示がされ、純平や塩田にも否応なく目に留まった。

そこから車はさらにゴルフ場のような緑豊かな丘陵地帯を進んだ。

「へえ、すごいですね。学校、病院、工業研究所、農業技術院、科学技術発展院などが一堂に集まる場所なのですね」

純平はサイエンス・パークのような広大な敷地を見回しながら塩田に囁いた。

「今この国は電子工業化に力を入れています。二十一世紀の初頭には電子通信分野で世界のトップレベルになるでしょうね。もちろん経済でも日本を追い抜く勢いとなる。経済での中日関係は今より複雑になる」

塩田は前に乗る人に聞こえないよう言葉を返した。

純平は、車窓越しのビル群を見つめる塩田の横顔に、この国の近代化への警戒感が少なからずあるのではないかと感じ取った。

通訳から「西安市の人民公会堂に到着しました」と言われた。すぐにカーキ色の軍服を着た屈強な者が車の扉の横に立った。

車のドアが開いた瞬間、カメラの放列に驚かされた。「報道」の腕章を付けたテレビ局のスタッフがマイクを向けてきた。

白い大きな建物の二階に案内された。度肝を抜かれたのは応接室の広さである。大理石の太い柱。そして、広い椅子と大きなテーブル、通訳を挟んでの隣の椅子との間隔の広さと、相手のテーブルまでの距離がとてつもなく遠いことに驚かされた。

相手は一人であった。名刺には「西安市共産党書記長　劉浩然」と記されていた。短髪で精悍な顔つきから若手のやり手である印象を純平は受けた。

「西安に日本の電機メーカーを誘致してもらえませんか？」

「今はお答えを控えますが、日本に帰り協議させてもらいます」

即答できない質問に純平は答えるのを躊躇し、そう切り抜けるのが精一杯であった。

塩田は傍らでしたり顔を覗かせた。

「それでは、深坂さんの企業集団だけでも来てもらえませんか」

劉から念を押された。

常にテレビカメラが回っているのが気がかりであった。この模様が日本に流れたら大きな問題になることを懸念したからである。

　さらに、劉はおもむろに煙草を取り出して純平の瞳の一点をとっくりと見つめた。顔にはうっすらと笑みをたたえているが、瞳の奥は決して笑ってはいない。威圧的な眼差しである。

「中国には井戸を掘った人を決して忘れないたとえがありますよね。兵馬俑を見学して、私に似た像があれば、劉先生の顔を立てて、誘致を実現できるよう社長に進言しましょう」

「ウヮハハ、ワハハハ。面白いことを言う日本人だ、深坂先生は」

　立ち上がって純平に握手を求めてきた。テレビカメラによく映るように純平は劉からポーズを取らされた。

「うまく切り抜けましたね。相手は深坂専務理事の回答に満足げですよ」

　純平が席に座ると、離れた席から塩田が駆け寄り、耳元で囁いた。

　翌日は、同じ西安市の人民公会堂迎賓館に於いて、日中韓印の情報通信事業の会議が開催された。各国とも次世代の情報通信事業の展望を説明した。

「塩田さん、インドは電気自動車と通信のコラボに力を入れそうですね」

「そうです。二十一世紀初頭には、中国とインドのＥＶでの競争が激化しますよ。きっと」

「それを予測させるプレゼンでしたね。韓国も次世代バッテリーの覇権を狙いそうですしね」

「日本もうかうかしてられませんよ。帰国したら日本経済団体会会長に報告しておいてくれませんか」

塩田は純平に電機連合会と日本経済団体会の連携を真顔で促した。

「そうですね。予想を超えるスピードでＥＶの時代が来そうですね」

純平も電機業界のＥＶ用バッテリー開発の遅れを懸念した。

会議翌日、兵馬俑を見学に行った。正面玄関には「熱烈歓迎。深坂純平先生」の横断幕と純平に似せた像が立っていた。これには純平も塩田も思わず苦笑してしまった。この国は一夜にして変化するという場面を見せつけられたようであった。

塩田は、改革開放後の社会主義市場経済を急成長させている中国を冷静に見ていた。そして塩田が抱いている警戒感を純平も身をもって感じていた。また次にはインドの台頭も考慮しなくてはならない。

帰国の日、西安咸陽空港でインドのバジャイ商工会会長から、近いうちにイギリスのサンダーランドで会いたいとの申し入れを受けた。

日本に帰国して、純平は金子統括専務理事に中国出張の報告に伺った。

「深坂さん、今回はお疲れ様でしたね。西安市長から早速お礼のメールが届きました」

そう言われ、握手を求められた。金子統括専務理事も満足げであった。

＊

純平は帰国後も電機連合会の定例会議や、年に数回の海外出張などの仕事を繰り返した。純平はその間にも電機連合会会長の門真電器の田伏社長や日本経済団体会の奥山会長と打ち合わせを持った。ＥＶの将来展望に両者ともに大きな期待を寄せていることがはっきりした。

ＬＥＤのいわゆる中村訴訟以来、半導体やバッテリーなどのキーデバイス（部品）が製造の表舞台に躍りだした時期と重なった。マイクロソフトの中央演算装置が世界を席巻する頃には、半導体は「産業の米」との位置づけが社会一般にも広がっていた。二〇三〇年の半導体のマーケット規模は、世界で一兆四千億ドルに迫り、リチウムイオン電池は千九百三十一億ドルを超える。

近い将来、車載用バッテリーは三十五兆円の巨大マーケット規模になるとの希望的予測も純平の心を揺さぶった。特に、中国やインドなどの人口を多く抱えた技術後進国での開発競争が始まるとの記事もあった。車載用バッテリーの新規事業は早晩電機業界の最重要課題となる。純平の考えとほぼ重なっていた。二〇三五年には車載用バッテリーは世界で二十六兆円規模となるだろうと純平は心を躍らせた。

　ブラウン管テレビが液晶テレビに取って代わられたように、ガソリンエンジンもいずれ終焉を迎える、と純平は考えていた。つまり、「自動車用バッテリー」がガソリンエンジンに取って代わることが十分予測される中で、純平が発案した事業案が採用されなかった。なぜつぶれてしまったのか、不思議でならなかった。トップの判断に疑問を持った。

　車載用のバッテリーの粗々マーケット分析ができた二〇〇三年の晩夏、

「深坂さんもそろそろ元の会社に戻りませんか」

　金子統括専務理事から異動ともとれる打診があったことに驚いた。

「まだこちらにお世話になって二年ですからもう少し勉強したいこともあるので」

「来月、ヨーロッパで環境経営の会議があります。深坂さん、この会議に出席して、研究テーマをおまとめになってはどうですか」

　金子は純平の肩にそっと手を置いた。

　純平は異動の覚悟を決めた。


　EU本部のあるブリュッセルで環境委員会が開催された。

　冒頭、フランスのリシャール委員長が長広舌を振るった。フランス革命以来のフランスを中心とした欧州の歴史を語った。自国讃美に酔いしれた挨拶に辟易した。

（本題は果たして何なのだろう）

純平はじっとリシャールの演説まがいの挨拶に気を取り直して耳を澄ませた。どうやら自動車の動力に関する近未来の動静がテーマのようであった。ドイツ、イタリア、イギリスなど、自動車工業の主だった国々の政治的な駆け引きも議論を左右した。

フランスのリシャール委員長は次のような言葉で長い挨拶を締めくくった。

"Fluctuat nec mergitur"

どんなことがあっても欧州は沈まず、発展する。つまり、例えば"green is black"と言いたかったのであろうか。環境問題の克服は国益を黒字化する、と。

純平は胸の内でなるほどと唸った。車載用のバッテリーにより、日本はグリーン化とデジタル化を先導的に達成できる。ＥＶで日本が優位に立てるのではないかと確信した。

純平はベルギーから日本に帰国するにあたり、かつて中国の会議で知り合ったインドのバジャイ商工会会長からの誘いを受けることにした。イギリスのサンダーランドにバジャイを訪ねた。

壮大なＥＶ用のバッテリー工場はイギリスとインドの国策も絡み、自動車ビジネスの近未来がここサンダーランドにあるようであった。日系の自動車メーカーと電機メーカーの工場が隣接していた。さながら自動車と電機の融合を象徴する未来産業の勃興を見るようであった。純平はここサンダーランドが世界の耳目を集めることになるだろうと強く思った。

バジャイと純平はインド国旗とイギリス国旗を靡かせた試乗用のEVに乗車して、初冬のロンドンのベルグレイヴィアのバジャイの自宅まで疾走した。美しいタウンハウスが建ち並ぶ住宅街はバジャイの現在の富と地位を物語っていた。バジャイから記念にとフェイルスワース製のツイードのハンチングをプレゼントされた。

バジャイは真っ白なカッターシャツの袖口から手を差し伸べて、

「次回お会いする時はこの帽子を被ってデリー空港に降り立ってください。親愛なる日本の友人」

「未来の産業とお互いの国の繁栄のために」

純平もバジャイに熱く語りかけ固い握手を交わした。

二人を乗せたEVは、ロイヤルサンセットを浴びながらサンダーランドからロンドンヒースロー空港まで一直線に疾駆した。

6

末枯《うらが》れる二〇〇三年十一月、純平は出向先の電機連合会から元の企業の本社に戻ることになった。出戻り先は本社傘下の教育事業財団の理事長であった。教育事業に馴染みのなかった純平には意外な人事であった。このポストは上級職の上がりポストの一つで、五十歳になったばかりの純平にはいささか早いのではないかとさえ思えた。純平は「本社ではこれ以上の昇進は望めない」と悟った。

驚いたことに、バッテリー事業本部を改編して新たにＥＶ事業本部が新設されることになった。事業本部長にはあの虹野昭夫が就任するとのことであった。二年前にアメリカから肝いりで帰国し、純平の後任としてバッテリー事業本部長に就いた人物であった。新聞紙上ではＥＶ事業本部の発足が虹野のコメント入りで「先見の明」と賞賛の見出しが躍っていた。

純平は忸怩たる思いがした。純平は「責任者が誰であれ、新規事業が立ち上がった」と自己に渦巻くディストピアを打ち消した。新規産業の隆盛に希望をかけたいと思った。不思議に心が静謐に研ぎ澄まされた。

純平の異動した教育事業財団は、科学振興の一環として、全国の学校から理科の研究論文を公募していた。優秀校には学校用の放送機材を寄贈していた。

ある私立小学校が優秀賞を受賞することになった。この学校法人はシンガポール校と日本校があり、両校の合同研究論文が受賞対象となった。大手メディアや学生新聞に受賞校一覧が掲載された。

出社してしばらくしてから、

「シンガポールから外線電話ですが……直接お話しになりますか」

と秘書から尋ねられた。

「そうね、用件を聞いてくれないか」

「はい、畏まりました」

数秒後にまた秘書から連絡が入った。

「シンガポールダイヤモンドバンクのミカミ様という方からです」

「用件を聞いて、必要であれば私からかけ直す。連絡先を聞いておいてくれないか」

純平は事務的に答えたが、数秒後に再び秘書から、

「大学時代の友人でミカミシンタロウ様という方です。三上信太郎と言えば理事長にはわ

かるとおっしゃってます。外線電話は保留にしてあります」

「三上信太郎と言っているのかね。電話を繋いでくれないか」

「お待たせして申し訳ありませんでした。理事長の深坂です」

「深坂か。他人行儀だな、俺だよ。三上信太郎だよ。まさか俺のこと忘れたわけ？」

「すまん、すまん。聞き慣れないシンガポールの銀行からだったものだから」

「連絡が遅れて申し訳なかった。俺は今シンガポールにいるんだ」

「なるほど、やっとわかったよ。本店調査役からシンガポールにご栄転か。おめでとう」

「冷やかすなよ。ここで二年か三年上手くやればまた東京に戻る」

「ところで、わざわざシンガポールから何の用だよ」

純平は突然の国際電話に驚きを隠さず尋ねた。

「いや、今朝の新聞の記事のことでちょっと教えてほしくて電話した。お前のところがやっている科学の研究論文の件だがね」

「ああ、朝刊に掲載してもらった」

「田澤教育学園シンガポール校は俺の銀行の取引先なのだ」

「それで？」

「こっちに来る前にお堀端のホテルでお前に言ったことを覚えているか」

「いや、何のことだっけ」

「日本の生徒や学生を海外にもっと留学させたい学校があって、お前にやってみないかと誘ったこと覚えているか」

「そんなことを聞いた覚えがあったな」

「せっかく研究論文の優秀校として表彰される学校がうちの取引先なんでね。これを縁に私学経営のことも真剣に考えてくれないか」

「わかった。考えておくよ」

「俺も来月には本店の会議で東京に行く。飯でも食おう。パソコンのアドレスを連絡するよ」

「俺のアドレスは……だ」

純平はお互いに異動したこともあり、何か有益な情報が得られればよいとも考えた。

純平は理事長室にあった久保田武の『校長がかわれば学校が変わる』を本棚から手に取った。教育事業財団には寄贈された教育関係の書籍が多く、たまたま目に留まったから手にした。今まで読んだことのない分野の本であった。

校長がかわれば学校も変わるのか、とぼんやり考えた。

「お前やってみないか」

三上に言われた言葉を思い出した。

しばらくしてシンガポールから一時帰国した三上と品川駅近くの御殿山ホテルで会った。

「お前、元気そうだな。日に焼けているし、仕事も順調そうだし」

「まあな。仕事は流れに逆らわずにそれなりにやっている。週末はゴルフ三昧だ。なにせ単身赴任だから好きなことを思いっきりできるさ。海外赴任の特典だな」

日に焼けた顔から健康そうな真っ白な歯が輝いていた。

「ところで、何か特別な話でもあるのか」

順風満帆なサラリーマン生活を送っている三上に問いかけた途端、

「お前、私学経営をやってみる気はないか」

「なんでそんなことを俺に聞く」

「今の仕事で終わるとも思えない。このままずっと今の会社にいるつもりか?」

三上は純平の答えを注意深く待った。

「そうだな。お前の言うように今後のことを考えないといけないかな。やってみたいことが定まらないから、しばらくは今の仕事をしてみるよ」

「そうか。それなら無理にとは言わんが。年齢的にも来てもらうには今がジャストタイミングなんだがな」

「お誘いはありがたいがね、教育は門外漢だからな」

「まあ、少しのんびりするのもいいさ。気が向いたら連絡くれよ」

「わかった。いい話にならなくて申し訳ないな」

純平は三上の誘いを断った。

三上は都心の煩雑さに紛れ去って行った。

純平は仕事に戻ると、「俺は何をしたいのだろうか」と自問自答してみた。『校長がかわれば学校が変わる』の本のことが頭をもたげた。


純平の勤務先からさほど遠くない高輪の小学校で、東京都の科学シンポジウムが開催される。案内状が届いていたので行ってみることにした。体育館入り口で受付を済ませると、学校で用意したスリッパに履き替え、外靴をビニール袋に入れて、パイプ椅子に座る。春分を過ぎていたにもかかわらず体育館は肌寒く、スリッパ履きの足元から寒さが伝わってきた。

子どもたちの体験を通して培われた科学的なものの見方に感心しながら、少なからず教育に興味を抱いた。有識者の対談も興味を抱ける十分な内容であった。

純平は、シンポジウムが終わると体育館を出て、校庭を巡ってみたくなった。百葉箱、ハムスター小屋の脇の二宮金次郎の像を眺めながら、校庭をそぞろ歩いてみた。「学びは未来を拓く」の石碑が建っていた。初代校長谷口正次郎と彫られていた。

純平は祖父のことを思い出した。


「大きくなったら何になりたい？」

口髭を生やした笑顔を純平に向けた。

「野球の選手かな」

「お前のお母さんはとても頭がよかった。お前も努力して学校の先生にでもなりなさい」

「それならなぜ、お母さんは先生にならなかったの」

「体が弱かったからね。残念なことをしたものだ。人を教えることはすばらしい職業なんだね。お前もいつかわかる時が来る」

純平の祖父は教育者であった。愛娘は体が弱かったことから教員になれなかったのを悔いているようであった。

祖父の松居四十六《しとろく》は実直でまっすぐな線のような生き方をする人間であった。一本の線の中に、四十六の長年の生き方がつまっていた。挙措進退に一分の乱れもない。世間からは聖人君子然として見えた。高等師範を出てから文部省に奉職し、教育の原点は初等教育にあるとの考えを曲げず、港区の小学校の校長を長く務めた。何事にもきちんきちんとした仕事ぶりから、名前をもじって「四角形」と綽名がついたほどである。

＊

天気もよいので桜田通りを歩いた。途中、八芳園で昼食をとった。春休みのせいか親子連れが楽しそうに食事をしている。「学びは未来を拓く」の石碑を思い浮かべた。

会社に戻って、部屋から隣の本社ビルをぼんやりと眺めた。

「これから俺は何をしたいのか」

机の上の書類などにいったん目を通した後、自然とパソコンのスイッチを入れた。

三上にメールを送った。

「この間の話をもう少し具体的に教えてもらえないか」

本社ビルが夕陽を浴びて茜色に染まる頃、シンガポールの三上から返信があった。

「派遣する人材が決まったようだ。誘っておきながら申し訳ない。教育に関心があるなら、文科省が民間人校長を募集しているようだから当たってみたらどうだろうか」

純平はパソコンを閉じた。セピア色を流した空の中に鳥が飛ぶのがかろうじて見えた。

次の日、社員食堂で昼食をとろうと順番待ちしているところに偶然にも虹野昭夫と行き合った。

「深坂さん、お久しぶりですね。教育事業財団のお仕事はいかがですか」

「まあ、何事も経験と思って取り組んでいますよ。新規のＥＶ事業本部はいかがですか」

「よろしければ一緒にどうですか」

「私は構いませんが」

「それではあちらの隅の方で」

虹野は空いている隅の席を指さした。

「それでは後ほど」

ほどなく虹野と純平は向かい合わせで席についた。

「こんなところで仕事の話は無粋ですが、旭電化の吉川技師長とはお知り合いですか？」

「以前、バッテリー事業本部長の時に何度かお会いしています」

「そうですか。一度ご紹介いただけると助かるのですが」

「突然どうしました？　理由を聞かせてもらえますか」

「いや、パソコン、ビデオカメラや携帯のリチウムイオン電池の量産化には深坂さんからの遺産もあって成功したのですが、ＥＶとなると、吉川さんと名古屋の奥山会長にお会いしておいた方がいいと思いましてね」

「わかりました。先方が私のことを覚えていてくれれば話はスムーズなのですがね」

「よろしくお願いします。一度、井田会長との席ももたしてください」

　純平はそんなところに狙いがあったのかと思った。

　純平は虹野との食事後、本社ビル横の自分の執務室に戻った。それにしてもＥＶの新規事業を発案した純平ではなく、井田会長の子飼いの虹野が「自動車と電機業界の融合」を図るとは、純平は割り切れない思いをしながら隣の本社ビルを仰ぎ見ていた。


　虹野を旭電化の吉川技師長に引き合わせることができた。やはり、ＥＶ向けのバッテリーの開発をいずれするだろうとの感触を得た。名古屋国際モーターの奥山会長からもいずれＥＶ化への準備を進める必要があるとのニュアンスを得た。

　残念なことに二社とも提携先と考えているのが虹野の部署ではなかったことがはっきりした。虹野のいる会社はテレビ、ビデオ、パソコン、ゲーム、映画や銀行に軸足を移している間に、キーデバイスの半導体、バッテリーで後塵を拝する事態に甘んじることになった。「出遅れた」と虹野から報告を受けた。純平にとってもショッキングな結果であった。

そんな時に、リチウムイオン電池の破裂事故が起こった。純平の親会社は、リチウムイオン電池の世界トップシェアを誇っていた。原因の究明と電池の破裂防止策が急務であった。

そのためEV事業本部の開発者とエンジニアの大半が事故対策本部に駆り出された。純平も前任のバッテリー事業本部長であったことから、事故対策本部に全面的な協力を申し出た。流石にこれには虹野も純平に頓首した。

この段階で、純平の親会社はEVのバッテリー開発と提携先探しに大幅に遅れをとることになった。

ソナスがもたついている間隙を縫って、旭電化や名古屋国際モーターはEVバッテリーのそれぞれの提携先と共同開発事業内容を発表した。

しかし、ソナスはEV用バッテリーの開発に関しては、挽回不可能なほどの遅れを取ってしまった。

虹野はアメリカで共に日系メーカーの苦労を味わった多田自動車の田淵専務に相談を持ちかけた。ソナスと多田自動車の創業者が肝胆相照らす関係で、なおかつ現会長同士は大学が同窓で、たまにゴルフをする仲でもあった。

純平は井田と三戸部、虹野と田淵の人間関係に大いに期待をかけた。遅れを取ったEV用バッテリーを多田自動車と共同開発することで、起死回生の切り札になるのではないかと密かに期待した。

7

そんな時だった。文部科学省のホームページをたまたま検索した。そして神奈川県で民間人校長の公募を知った。純平は正直心を乱された。「俺は何をしたいのか」を今一度考えてみた。

純平にとって畑違いの教育事業財団での仕事は未だ弾指の間ではあったが、確かに教育への関心を高めていたことは事実であった。

(このまま定年まで無難に過ごしてサラリーマン生活を終えるのか、さもなければ新たな道に踏み出すのか)

自己葛藤の中で、どのように生きていくべきか対立的なものが頭をもたげた。純平は安定した会社勤めに自分の理想が鈍磨することを受け入れたくはなかった。胸中では別の生き方を求めていたのかもしれない。常に社会性の視座に立つことを忘れてはいなかった。現実と理想が往還する。

民間人の校長が誕生した経緯は、学校の外から優秀な人材を登用するよう中央教育審議会が文部科学省に答申したことによる。学校教育法施行規則が改定されて二〇〇〇年四月より施行された。民間の経営感覚や発想を活かして、学校を活性化するのが狙いである。

しかし、教職員との摩擦が生じて必ずしも実績が上がらない事例も見られた。文部科学省の調査では、企業出身の民間人校長の数は二〇〇一年四月時点で全国の公立小中高学校と特別支援学校でわずかに九人であった。その後増えてはいるが百人以下で、全校長のわずかに、〇・二％ほどに留まっていた。

神奈川県の民間人校長の選考は、書類審査と複数回の面接試験によって適任者を決定するという。

＊

純平の祖父、松居四十六は東京都でかつて校長をしていたため、夏休みともなれば、実家に里帰りしていた愛娘の子どもたちに、朝早くから勉強を教えていた。おやつの後には純平を庭に連れ出し、松の枝からのぞく雲を見ながら、

「学校はどうだ？」

和服に足袋と下駄ばき姿ながら、優しい眼差しをわんぱく盛りの純平に向けた。

「国語と音楽が得意なんだ」

「ほう、お母さんは算数と英語がとてもよくできた。純平とは少し違うわな」

「時々お母さんと外国の映画を観に行くよ」

「そうかそれはよかった。お母さんは宝塚に入りたいと言ったこともあったな」

「宝塚って？」

「歌や踊りを教えてくれる音楽学校でな、卒業すると歌劇団の団員になれるのだ」

「どうして入らなかったの」

「儂が反対したからだ。それに体も弱かったからな」

「ふうん。そうだったの。それで、おじいちゃんは僕に何になってほしいの？」

「いや、何になってもいいのだがね、まっすぐな生き方をしてほしいのだよ」

「まっすぐな生き方って？」

「道《どう》のために生きてほしい。道《どう》は尊いものなのだ。汚れた油の上を滑る生き方は決してせんでほしい」

「生きるって難しいんだね」

「なにも難しかない。真面目に生きていけばそれでいい」

「真面目に生きるの？」

「決して新聞沙汰になるようなことをしてはいけない。純平はお母さんを見倣って真面目に生きるんだ。純平は教育者の儂の孫だから、少しでも世の中のためになりなさい」

祖父の髭が急にカイゼル髭に見えた。

「わかった。真面目に生きていきます」

松居四十六は孫の純平にまっすぐに生きることを諄々と説いた。あの時の祖父の威厳に満ちた教育者としての姿をよく覚えていた。

＊

民間人校長の公募を知り、純平は帰国した三上と落ち合うためにお堀端のホテルにいた。

「夕食前に一杯軽くやらんか」との三上の要望に応えてバーで落ち合うことにした。

珍しく三上が先に着いていた。すでにカウンターでバーテンダーと何やら話しているようだった。

「私もそろそろ戻ってくるので、またお世話になりますよ」

「それはおめでとうございます。ご贔屓に感謝いたします」

背筋をすっと伸ばし、ポマードで髪を整えた蝶ネクタイ姿の男と話していた。

「深坂、こっちへ来いよ」

「ああ、久しぶりだな。この間は電話で失礼した。三上にこんな趣味があったとは驚いたな」

「たまに来るんだ。難しい話は後にして、どうだ一杯飲もうじゃないか。ああ、そうだ。後から女《ひと》が来るからな、悪く思わんでくれ」

「三上様、それではお隣の席を後ほど来られるお客様のためにリザーブさせていただきます」

純平は三上の右隣の席がどうりで人待ちげに空いていたのを見逃さなかった。

純平はバーには以前、取引先とたまに立ち寄ることもあって、多少雰囲気に浸った経験を持っていた。酒はあまりやらない方であるが、大人の居場所のバーの雰囲気は嫌いではなかった。

席に着くと、男の背後に並ぶボトルやグラスに目をやり、ダークブラウンで彩られた店全体の雰囲気から伝統と格式を想像した。

「深坂、何か注文してくれんか」

「ドライマティーニで」

純平は身だしなみを整えた目の前の男に注文した。

「ストロベリーマルガリータをもう一杯もらおうか」

三上は上機嫌に注文した。

「俺、民間人の校長に応募してみようかと思うんだ」

「へえ、どうした心変わりからかね」

「今の教育事業財団の仕事で教育関係者と話す機会があったりする。まあ、学校に行く機会も多い。会社で培った経験を若者の育成に役立てることができればと考えてみた」

「確か、深坂のおじいさんは教育者だったたな」

「三田で校長をしていた」

「政治家のおじいさんに似なかったわけだ」

「俺には政治は向かんよ」

「まあ、どちらにせよ、お前のやりたいようにやってみろ。俺よりずっとまっすぐだからな、深坂は」

「よしてくれよ。俺だってたまには横道にそれることだってあるさ」

「深坂の新たな将来に乾杯しようとするか」

「まだ決まったわけじゃない。公募だからわからんさ」

三上は上機嫌に純平の話に耳を傾けた。

「お席はこちらにご用意させていただいております」

カウンターの中の身だしなみに一点の隙のない男が、入り口に向かって言葉をかけた。

二人は思わず振り返った。

そこには和服を着こなした妙齢の女性が入り口から中を覗いていた。

「こちらにお席をご用意させていただきました」

和服をいっそう艶やかに引き立てるように、衣擦れの音と香水の香りをほのかに残した女が、バーテンダーが示した席に向かってきた。

「遅れて申し訳ありません、三上さん」

「他人行儀な挨拶はいいから、こっちに掛けろ。こっちにいるのがいつも話している深坂純平だ。これから新たな仕事をするそうだ」

「初めまして、深坂純平です。今はソナスの教育事業財団の理事長をしています」

「深坂は場の空気が読めん堅物でな。まあ、堅苦しい挨拶は抜きにして三人で乾杯しようや」

「私のお名刺を、信ちゃん、渡してくださる」

「銀座でお店をやっておられるのですか。三上はそちらの方でもご活躍だな」

「深坂、誤解してもらっては困るね。僕は銀行ビジネスで、難しいやら、ややこしい案件を持ち込む取引先のトップと、ゆっくり話ができる店の一つや二つ知っとらんとな」

「ああ、わかった、わかった。俺も野暮なことは言わないよ。翠《みどり》さんには内緒にしておくから」

「信ちゃん、うちの店だけ懇意にしてくれていたんじゃないのね、がっかり。どうせうちの店は『一つや二つ』の店ですから。これで私は失礼しますわ」

「寿美子《すみこ》、いや村松さん、そんなにむくれるなよ。深坂の前じゃないか」

「ええ、どうせ私は村松さんですよ。どこにでもいる銀座の村松ですわ」

「まあまあ、せっかく出された、いつものゆずウイスキーサワーを味わってくれよ」

寿美子はサワーを一気に飲み干すと、ボルテージを上げてきた。

「私、信ちゃんから純ちゃんに恋人を変えようかしら」

三上が俄に慌てだした。

「おい、深坂、翠には今日のことは絶対に言わないでくれよな。今日は俺がおごるから頼む、頼む」

「信ちゃんは奥様が本当に怖いのよね。元頭取の娘ですものね。ねぇ、信ちゃん」

寿美子はすかさずもう一杯呷った。

「信ちゃん、席を代わってくださらない。私もっと純ちゃんにお近づきになりたいわ。だって、天下のソナスの役員候補でしょう」

「寿美子、いい加減にしろよ」

夫婦喧嘩か、ごく親しい男女の揉め事のように純平には聞こえた。

「寿美子、先入観で判断しちゃいけないよ。こいつはお前が考えているような人間でなく堅物だよ。今度、学校に勤めるかもしれんからな」

「私、硬い人が好きなの。ねぇ、信ちゃん」

「お前、もう酔ったのか」

「酔ってなんかいませんよ。あなたがいつまでも奥様に頭が上がらないのが悔しいだけ」

三上は狼狽した。純平に本当のことがばれるのを恐れたからだ。

「三上、今日のところは奢ってもらうよ。お前、先に寿美子さんと帰っていいぞ。俺はせっかくだから一人で飲むから」

「寿美子、深坂もそう言っているから、お言葉に甘えて先に失礼しよう。早く、早くここを出よう」

「ええ、いいわよ。信ちゃんがそうしろと言うなら、私はどこへでも行くわよ。シンガポールでもロンドンでも。ただし、条件があるわよ。信ちゃんがいつまでも頭の上がらないあの翠と早く別れてよ。……」

寿美子がそこまで言った途端に、三上が、

「寿美子ちゃん、いい子だからパパを困らせないでね」

いい子だからと言いながら白いうなじにキスをした。三上の女の扱いを垣間見た。

「三上様をお車まで」

カウンターから指を鳴らして上客に助け舟を出した。若い黒服の男が急いで内線電話をかけた。

「深坂、悪いけど先に帰るよ。今日のことは翠には絶対内緒にしてくれよ。頼む、この通りだ」

三上は、神妙な表情をして、両手を合わせ、純平に向かって拝むポーズをとった。

「純ちゃん、悪いわね。パパと先に失礼しますから。私、柄にもなく酔ってしまったみたいだわ。今度お店で恩返ししますから、きっと来てくださいますわね」

「お前、本当に今日はどうした。こんなに酔っぱらっちまって」

三上はうっすら色のついたレンズの眼鏡をかけた。寿美子のハンドバッグを持ちながら肩を寄せ合って店を出て行った。

純平はうすら笑いを浮かべて二人を見送った。三上は鬱積した生活から「アラフィフの反抗期」を迎えたのかと思った。

カウンター席には純平だけが残された。

「こちらをどうぞ」

さっきから一部始終を見聞きしていた老練なバーテンダーがテーブルに滑らせた。

「何というカクテルですか」

「A・MORI様もお好きであった電気ブランです」

「ソナスに掛けて電気ブランですか。なかなか洒落ているな」

純平は一人カウンターで悦に入った。ブラックブラウンの棚に目を置いた。ぼーっと眺めた、ただただ眺めていた。ウイスキー、ブランデー、ワイン、キュラソーなどの眩しい輝きのボトルに魅せられていた。

不思議なことにもう一人の祖父、深坂高維《たかすみ》の顔が浮かんだ。

純平の知る深坂高維は茶系の背広にパナマ帽を被り、顔の輪郭がはっきりわかるメタルフレームの眼鏡をかけていた。伊達で洒落者であった。酒場では葉巻を燻らせていた。鉱山業で財を成し、東北地方では名望家として名をはせていた。

幼い純平を美術館、劇場、レストランなどに連れ出してくれた。たまに酒場に連れて行ってくれたこともあった。

まわりの人からはマックの愛称で呼ばれていた。純平が大人になってわかったことであるが、アメリカの実業家で国防長官も務めたロバート・マクナマラに風貌が似ていたからである。アメリカンオプティカルのメタルフレームには横長の楕円のレンズがはめられていた。

純平はまっすぐな直線のような松居四十六と自由闊達な線画のような深坂高維とを比べてみた。二人の生きざまが紫煙に燻されたオーセンティックな時間の中で、浮かんでは消えた。

＊

民間人校長の公募を知り、松居四十六と母の倖子のことを夙夜夢寐に思った。そして、「これが俺の生きる道だ」と確信した。

一点の曇りなく神奈川県教育委員会に応募書類を送付した。志望動機には「次代を託す青少年の育成に、学校教育を通して貢献したい。民間で培ったマネジメント手法を学校改革に活かすことができる。長年稽古している茶道を生徒の教育に役立てることができる」と記した。

たまたまアジア教育会議で中国の青島に海外出張していた。妻の萌々子から国際電話があった。神奈川県の教育委員会からの書類選考の結果の報せだと思った。

封筒を開ける音が受話器から響いてくる。鼓動が急に速くなった。

「厳正な書類審査の結果、次の面接試験に進んでいただきたくご通知します。右の通り面接の日時は七月二十一日の九時に行います」

思わず書類審査の通過に安堵した。次は、面接試験の日が重要な会議日に当たらないことを祈りながら、受話器に耳を押し当てた。

「もう一度面接の日時を言ってくれないか」

携帯のスケジュール表を確認しながら、萌々子の声を待った。

面接日は幸いにも教育事業財団を不在にしても大丈夫な日であった。

驚いたことに、面接は母倖子の命日と同じ日であった。

純平は自らの知天命を悟った。


教育委員会での一次面接に臨んだ。書類審査を通過した内容の確認、教育への思いと校長としての自覚を確認された。午前中に面接試験が終わり、会社を休んだことで時間は十分あったので、鎌倉まで行ってみたいと思った。

JRの関内駅から電車に揺られながら横浜で乗り換えた。遅い午前中でもあり、電車は空いていた。電車に揺られながら『校長がかわれば学校が変わる』の本を読みながら、自分にも学校を変えられると思った。妙な自信があった。

鎌倉駅で電車を降りてからは海岸を走る電車を二駅三駅乗って着く。

学校帰りの児童の姿が目に映った。ランドセルに黄色のカバーを付けているので、一年生であることがわかった。何やらおしゃべりをしながら二人三人のグループになって下校している。家路に向かう子どもたちは楽しそうに思えた。保護者が待っているのか、これから友だちと公園にでも遊びに行くのか。そう思うと、子どもたちがまるでスキップして歩いているように見えた。

「母に会いたくてまっすぐ家に帰ったな」とフェルトクレマンの紺の帽子を被った在りし日に思いを巡らせた。電車で私立小学校に通っていたので、家の近所に友達はいなかった。母の倖子と会話するのが、帰宅してからの純平の一番の楽しみであった。

墓前に白いユリを供え、いつも倖子が言っていた、「きっと輝く時が来るわ」の言葉を思い出した。その時が今なのではないか、と思った。

なぜか海が見たくなって帰りは藤沢行きに乗った。稲村ヶ崎、七里ヶ浜、鎌倉高校前と電車は海に臨んで走る。偶然、七里ヶ浜駅と鎌倉高校前駅から乗り合わせた高校生に出会う。

大海原を見ていると、頭の中が空っぽになる。直前にあった面接試験をすっかり忘れていた。児童や高校生との邂逅《かいこう》は純平には単なる偶然には思えなかった。

最終面接に残ることができた純平は、居並ぶ教育委員会の幹部と思しき面々から質問を浴びせかけられた。

「企業での経験を校長としてどのように役立てますか」

中央の人物の右隣の眼鏡をかけた人物からの質問を受けた。

「学校と企業では職場環境も風土も異なるでしょうから、よく聴き、時には意見のすれ違いがあっても、教職員とのコミュニケーションを図ることで、緊張をはらみつつも合意形成を作っていきます」

「教職員の話をよく聞くということですね」

「はい、門構えの聞くではなく耳偏の聴くことを重視したいと思います」

続いて、中央の人物の左隣の恰幅の良い、眉毛がとぼけている人からの質問を受けた。

「聞き過ぎるとかえって学校の改革が進まないことはないのでしょうか」

「確かに、そのような心配はあります。民間のマネジメント手法を即座に学校に持ち込むことへの違和感やアレルギーもあるでしょう。学校を良くしていこうとする気持ちはどの教職員にもあると思います。私は、教育委員会が標榜している『かながわの教育』になるよう一歩ずつ変えていきます。文部科学省が導入した民間人校長の意義と期待を忘れず、県民の負託に応えたいと思います」

まだ真ん中の人物からの質問がないことを思うと、純平は不安になった。まだまだ質問が続くのかと不安になった。すると、居並ぶ選考者の一番端の席に座る女性から質問を受けた。

「茶道を学ばせる意義は何でしょうか」

「はい、日本の伝統文化に親しむことの重要性は教育基本法に謳われています。茶道を体験することから、挨拶、落ち着き、礼儀作法と、鎌倉や小田原などを有する神奈川県の歴史と文化を理解し、生徒のみならず教職員、保護者と地域の皆さんと一緒に、伝統文化への理解を高めていければと思います」

　答えやすい質問にほっと安心した。

「深坂さんの教育観を述べてください」

　ど真ん中に座る人物から質問を受けた。他の三人が質問していた時には一度も顔を上げて純平を見なかった人を初めて見た。無表情で、声は若干甲高かった。

　選考者の全員がペンを置き、純平をまじろぎもせず見た。

（おそらくはこの人物は教育長であろう）

　教育観という答えに窮するような質問を瞬時にまとめるために、

「ご質問は『私の教育観』でしょうか」

「はい、そうです」

静まりかえる部屋で、純平は教育観を瞬時に考え、ゆっくりと言葉を噛み締めるように答えた。

「様々な困難にぶち当たってもチャレンジ精神を礎に生きる姿勢を醸成する。いつも心に太陽を、くちびるには歌をモットーに、生徒と教職員が共に学ぶ『共育』のあり方を実践する。『かながわの教育』を実現するために校長としてリーダーシップを発揮して参ります」

教育長はまっすぐな視線を純平に向けた。

「それでは、校長のリーダーシップとは何でしょうか」

またまたきわどい質問を投げかけられた。

「トップダウンとボトムアップを併用しながら、実用的な一端と、理論的な一端のバランスを取る。これら二つの円の軸を持ちながら学校の目標を達成していきます。明確なビジョンで学校目標をやり遂げることが、県民の負託に応える民間出身校長のリーダーシップだと考えます」

教育長は純平の説明中に初めて顔をおもむろに上げ、まじろがずに見据えた。

純平は緊張のあまり唇が乾いた。しかし純平は教育長から目を離さず、自分の考えを述べた。

心に太陽が宿り、くちびるからほとばしる情熱をぶつけていた。

教育長は、机の上にあった紙にマル印をつけたような気がした。すると両隣の教育委員会幹部と思しき人たちも順番にマル印をつけたような、そうであってほしいという期待からか、そのようにしたような錯覚さえ覚えた。

三十分程度で終わると思っていた最終面接は一時間ほどかかった。とにかく疲れてしまった純平は控室の椅子にどかっと腰を下ろした。

面接会場にいた教職員課の担当者から、最終の結果は書面で通知されると伝えられ、「本日はご苦労様でした」と言われた。

そう告げられても純平は疲れてしまって、しばらくはその場を離れることができなかった。ぼんやりと部屋を眺めていると、各校の校章が額にきれいに納まって飾られているのが見えた。その横には歴代の教育長の写真が同じように額に入っていた。セピア色になった写真もあった。古い時代の教育長なのだと思った。威厳のある顔からか、純平をまっすぐに見ているように思えた。まるで松居四十六に見つめられているような追憶にひたった。

別の教職員課の名札を付けた職員が部屋に入ってきた。

「少し疲れたので部屋に留まりました。すぐに退出しますので」

純平は断りを入れた。

「かまいません。この部屋は面接を受ける方の控室になっていますので」

「ありがとうございます」

控室の正面には県立第一中学校の校歌が額に入れられて飾られていた。その脇には最近開校されたばかりの神奈川県立紅葉坂《もみじざか》高等学校のポスターが掲示されていた。緑と赤、そして青色を放った写真には躍動感に溢れる生徒の姿があった。

「あのポスターは今年開校した学校なのですか」

「二〇〇一年四月に開校したばかりの新設校です。県立高校では百八十八番目となります」

純平は民間人校長になって、生徒と早く触れ合いたいとの衝動に駆られた。


一週間後の二〇〇六年八月末、最終の選考結果が自宅に届いた。逸る気持ちを抑えて、最終結果を記した茶封筒を開けた。

「右の者の採用を決定する」の文字が飛び込んできた。純平は思わず採用通知を握りしめた。

(生徒の笑顔溢れる学校にしたい)

遂に純平は、民間人校長に採用されることになった。まさか祖父の後を継ぐことになるとは夢にも思わなかった。

純平の妻は今までに仕事や純平の生き方に口をはさむことはなかった。唯一あるとすれば、教育事業財団に配置転換になった頃、懊悩し、つらい日々を過ごしていた夫の姿を見ながら言った。

「私はあなたにどんなことがあっても信じています。会社を辞めるにしても、三上さんのお誘いを受けるにしても、あなたの決断を信じています」

民間人校長への転身が決まってからは、

「松居のおじい様のように立派な教育者として仕事に励んでほしい。健康にはくれぐれも注意して、公務に勤しんでください」

と、静かに言った。そして切れ長の目から一筋の涙を流した。安定した収入とそれなりの社会的な立場を擲っての転身に、彼女なりのエールを送った。

純平は来し方を思い返した。人生の至る所で立ち尽くしている自身が見えた。民間人校長に就くことにより社会の営みに応える嚆矢であってほしいと願った。

純平はこの日の萌々子の涙を忘れない、と誓った。夫として、父親としての責任を果たし、そして公人として生きていく覚悟をした。

＊

純平は十月一日付けの民間人校長就任の内定を受けて、公務員は兼職ができないためソナスを退職することにした。

人事担当専務に本社で面談した。

「来月いっぱいで退社したいと思います」

「突然にどうしました」

「教育事業財団の仕事をする中で、次代を担う子どもたちの育成に努めたいと思いまして」

この専務は海外生活が長かったゆえ洗練されたスーツを着こなし、派手な色のネクタイをさりげなく締めていた。

「文部科学省や教育関係の機関からも深坂理事長の評判は高かったものですから、ちょっと意外な感想を持ちました」

「それは身に余るお言葉で恐縮しています」

「大神相談役にはお話しされていますか」

「いや、まだです。専務とのお話が終わった後にご挨拶に伺う予定です」

「ご決意が固いようですな。ところで転職先を差し支えなければ教えていただけますか」

「実は九月三十日の新聞発表まで箝口令が敷かれていまして、具体名は今日のところは申し上げるわけにはいきません。お許し願います」

「そうですか。これだけ確認させていただいていいですか？　ライバルメーカーではないのですね」

「はい、電機メーカーではありません。文部科学省管轄の教育機関ですので、どうかご安心願います」

「とめても無駄ですか？」

「はい、勝手を言って申し訳ありません」

「会社の処遇に不満でもありましたか」

「いいえ、やりたいことが見出せたものですから」

「……ＥＶ事業が心配なものですからね」

「虹野本部長が上手くマネジメントされると信じています」

「……私もそう信じたいところですがね」

「井田会長も理解されていますから、大丈夫ですよ」

「深坂さん、突然ですが、今後、社外取締役をお願いしても大丈夫でしょうか」

「ご期待に応えられないとお考えください。兼職ができないものですから。申し訳ありません」

「そうですか。事情も知らずに会社の都合ばかりを伝えました。教育界での深坂さんのご活躍を祈っています。是非とも送別ゴルフでもしましょう」

「ありがとうございます」

専務から握手を求められた。サンディエゴの工場で会った若かりし頃の二人に戻った。

ソナス出社の最終日の二〇〇六年九月二十九日金曜日の午後に大神相談役に挨拶に伺った。会うなり言われた。

「会社を辞めるらしいな、どこへ行く」

「明日の新聞に載りますので、今日のところはご勘弁願います」

「深坂さん、少し前に佐田専務から連絡があった。教育関係ならコンサートをする際には呼んでくれないか。タクトを振るよ」

「本当ですか。ありがとうございます」

「教育事業財団の仕事が役に立ったわけだな」

「しっかりと勉強させてもらいました」

大神相談役は左の口元の上の黒子を頻りに触れていた。この人の考える時のこの癖も見るのもしばらくお預けだ、と純平は感じた。

「最後に、虹野さんに多田自動車とのＥＶでの提携について、君なりのシナリオを伝授しておいてくれないか」

「お役に立てるかわかりませんが、説明させていただきます」

甘いもの好きの二人は、ブラームスの交響曲第三番を聞きながら、「中田屋のきんつば」を頬張った。相談役が揮毫した「夢」の額縁の前で別れの握手をした。

「深坂さん、ＥＶに乗る日を楽しみにしてくれないか」

「……」

涙が頬を伝った。感極まって言葉が出なかった。


本社ビル横の教育事業財団の執務室に戻った。

退職前の最後の仕事のパソコンを初期化する前に、メールを今一度確認した。

大見勝子からメールが入っていた。

「深坂純平様
在職中は大変お世話になりました。

この夏に父が急逝し、来年の三月に私もソナスを退社いたします。母を支えながら実家の家業見習いをすることにしました」

陽がとっぷりと落ちるビルの谷間から、勝子のしっかりした性格と面影を探そうとした。

窓辺に佇む純平の顔がセピアに染まる。知らず知らずのうちに沁みついた人生の肌感覚が、残照の中で照り映える新たな光に生まれ変わろうとしていた。

二〇〇六年九月三十日の新聞には「ソナス出身の深坂純平氏が二〇〇七年四月一日付けで神奈川県立紅葉坂高等学校長に就任」と掲載された。

通常の教職員の異動発表は年度末の三月下旬であった。純平の校長就任発表は半年も早い異例の報道であった。

8

週が明けて二〇〇六年十月二日の月曜日になった。

純平はいつもの東京行きの上り電車とは逆方向の下り電車に乗った。ＪＲ関内駅で電車を降りた。

教育委員会三階の教育部長応接室に入った。

しばらくすると、同じ階の教育長室に案内された。国旗と神奈川県旗が整然と掲げられた部屋に長身の男が現れた。

「教育長の引田です。民間から神奈川県の教育のために来ていただき感謝します」

「最終面接の際にはお世話になりました」

挨拶を交わしている間に、「失礼します」と丁寧にお辞儀をして複数の人たちが部屋に入ってきた。立ったまま一列に整列した。

「ただ今より深坂純平専任主幹辞令交付式を執り行います」

教育局長が声を発した。皆姿勢を正した。

女性職員が黒光りする大きな盆を持って入ってきた。黒盆の上には銀杏をあしらった紺の袱紗が掛かっていた。

「一歩前にお進みください」

何も知らない純平は促されるままに引田教育長の前に一歩進み出た。

「日本国憲法を順守し、教育法令を体し、教育公務員としての自覚のもと職務に邁進することをここに誓います」

事前に教えられたまま教育長に向かって宣言した。

「神奈川県教育委員会教育局高校教育課専任主幹に任じる」

辞令を受け取り、頭を深く下げた。その場の雰囲気を察してさらに頭を深く下げた。そして一歩下がった。

「これにて、深坂純平専任主幹辞令交付式を終了します」

教育局長が閉式の挨拶をした。

教育局長、教育参事監、教育部長、教職員課課長、高校教育課課長と教育センター長が一人ずつ一礼して教育長室を退室した。

翌日の二〇〇六年十月三日より民間人校長の研修がスタートした。

しかし当時の高校教育課では、未履修問題の対応に追われていた。必履修科目の教科本来の学びから逸脱した授業が問題化した。その多くは、進学率を上げるために、海外修学旅行のレポートを世界史に充当する、情報の時間を数学に充当させる、世界史Aを世界史Bの教科書で代用し、そして教科の免許を持っていない教諭が教えているなどの問題が明るみに出た。

教育委員会高校教育課ではすべての県立高校のカリキュラムと実際の授業との整合性や教員免許と実際授業の総点検を行っていた。すべての県立高校への実態調査で職員は大わらわであった。

未履修問題で振替授業や補習が必要となる公立高校は一割程度であった。むしろ私立高校では問題がもっと深刻であった。

十月二日、教育長室で高校教育課専任主幹の辞令を受けた後、いよいよ五階の高校教育課での研修が始まる。

民間人校長の研修は、教育委員会高校教育課の研修を三か月ほど経た後、赴任校での研修を三か月ほど積む。通常二十代前半で教職に就いた者が五十代前半で校長に就く場合は、通算三十年ほど教育現場に携わる。それを民間人校長の場合はわずか半年間で校長に仕上げる。いわば即席の校長研修である。

純平は高校教育課の副課長、課長代理が座る横の専任主幹席、六十五名の一般職員の前、いわゆるひな壇席に座った。窓側の純平たち管理職の前を、教育行政、教育指導、教育企画、高校入試、学校改革班に分かれて、各班の一般職員は向かい合わせで公務に当たる。同じ五階には、特別支援課と文化財保全課があった。

教育委員会に来て、驚いたことが三つあった。一つは上席の者に対応する時は、一般職員は必ず立って対応する。二つ目は昼食の時間には県歌が必ず放送される。三つ目は、この階には一般県民が訪れることはないことであった。いわゆる県立高校を対象とした部局であるので、来課する者は基本的に県立高校の校長か教育委員会関係者に限られていた。

民間人校長として初めての研修を教育指導班の土佐堀班長から受けた。

「深坂専任主幹は学習指導要領を読んだことがありますか」

「いや、ありません」

「そうですか。総則編と各編があります。本庁舎の行政図書室で購入してみてください。今日は委員会のものを読んでください」

高等学校指導要領解説総則編を手渡された。初めて目にするものであった。

「知っておいてもらわなければならないことはたくさんありますが、儀式的行事の箇所に記された国家斉唱と国旗掲揚については特によく理解しておいてください」

シビアな表情で言われた。

「はい、わかりました。国歌斉唱時の不起立などが問題になっているのは新聞報道で知っていますので」

純平は今まで入社式で国歌を斉唱することはなかった。

「国旗と県旗の位置も定められています」

「はい、理解しました」

壇上に向かって左が国旗でその右に神奈川県旗を掲げることを目に焼き付けた。

純平は会議室に缶詰状態となった。一時間ごとに入れ代わり立ち代わり、各課の担当者が説明に入って来る。教育公務員のイロハを最速モードで徹底的に詰め込まれた。

来る日も来る日もこの状態が続いた。不思議に疲れるとか退屈だとは一度も思わなかった。民間人校長だから知らない、わからないということでは済まされない責任感が、純平をそうさせていた。そのためあっという間に二週間が過ぎた。

たまたま昼休みにトイレの個室で用を足している時、

「民間人校長になる人は大変だな。あそこは組合の強い学校だからな。つぶされなければいいがな」

「そうだよな。半年かそこいらの研修で理解するのも大変だ」

職員の偽らざる正直な気持ちが聞けてよかったと思った。純平の「存在」が知られなかったからこそ、普段聞けないことを小耳にはさんだと思った。

次の週からは学校現場の視察であった。とびっきりの進学校、生徒指導に課題のある学校、総合高校、通信・定時制と全日制の併設校、特別支援学校などでの現場研修であった。川崎、横浜北、横浜中、鎌倉・湘南、相模原、県央、横須賀や西湘などの地区ごとに特色ある学校を十五校ほど視察した。

授業、校内会議や部活動などを視察し、退校時には必ず校長と打ち合わせすることが設定されていた。

「校内の状況はわかりましたか」「何かわからない点は聞いてください」など、各校とも翌年に校長となる純平にはまるで素人を扱うように優しく対応してくれた。

それでもある校長は、純平が学校を立ち去ると即座に教育局高校教育課の課長代理に電話を入れてきた。

「もっと、高校教育を勉強しないと、四月から大変ではないか。研修期間にしっかり実態を理解させてほしい。民間人校長のために校長が軽んじられる!」

そう苦情を伝えてきた。

翌朝、純平は高校教育課の課長から呼び出された。書類が山と積まれた薄暗い会議室に入った。

「昨日の学校見学はいかがでしたか」

「通信制、定時制、全日制の三課程ある高校で、生徒も二千人を超える大規模校に驚きました。食堂で定時制の生徒とも話す機会があり、よかったです」

と、素直な気持ちを伝えた。高校教育課課長は、

「深坂専任主幹は来年四月には校長として着任します。鈴本校長は高校教育課にもいたことのある校長で、いろいろ民間人校長への心配もあると伝えてきました。視察された各校の校長にも様子を伺ったようです。皆さん、口々に憂慮されていると言っていました。『赴任する学校の教職員に不安を与えてもいけない』と辛口のコメントをもらいました」

「そうですか、至らない点は申し訳なく思います。半年間のここでの研修を活かせればと思っています」

「教育長はじめ教育委員会としても、深坂専任主幹に大きな期待を寄せています。それに文科省の意向に沿い校長の一人として任用されることを理解ください」

やんわりとした言い方であったが、純平にはかなり堪えた忠告であった。

昨日の学校視察の帰り際の鈴本校長のきっとした表情を忘れられなかった。癖の強い印象を持った。

純平は自席に戻り、頻りと歯軋りをした。人知れず我慢する時の、子どもの頃からの癖であった。この時ばかりは、隣席の課長にも聞こえるのではないかと思うほど、激しくぎしぎしと歯軋りをした。

(民間人校長起用はこんなにも違和感を生じさせているのか)

いろいろなところに障壁があると内心細波立った。中央教育審議会の民間人校長起用の趣旨を遺憾なく発揮する方法はないものか、と思い悩んだ。

渦巻く批判にも「長途一躓《ちょうといっち》、豈《あに》千里の行を妨げん」と気を取り直した。

9

民間人校長の船出は決して楽なものではなかった。

企業と教育現場では「文化」の違いが際立っていた。プロセスを熟慮し、失敗することにアレルギーを感じる教職員と、プロセス以上に結果と責任の必要性、失敗は成功の基と考える純平とでは、校務の遂行においてそもそも大きな隔たりがあった。

民間のマネジメントシステムを学校に導入し、学校の変革を行うために民間人校長の導入を図った文部科学省の施策との乖離を肌身で感じた。教育現場では、民間人校長となった純平を招かざる客とする意識が強かった。

また、教室では時として生徒からこんなことを言われた。

「みんながそう言っています」

「みんなも同じ考えだと思う」

（さて、みんなとは誰を指しているのか、誰のことを言っているのであろうか）

生徒は先生の前と友達の前では異なる言動をとることがある。親の前でも本音と建前を分けて言うことや行動することがある。

「話は聞きました」

話を聞いたと言えば、通常は話の内容を理解して実行するものであろう。進捗の様子が報告されず、いったいどうなっているのであろうか。

「これからは、いつまでに、誰が、何を、どのようにするかなどを、きちんと報告してもらおう」

＊

純平は民間人校長として神奈川県立紅葉坂高等学校に奉職した。その学校に民間人校長が就任するのは初めてのことであった。

純平は校長就任の二〇〇七年四月二日の午前中に教育長から辞令を受け取った。その足で学校に戻るや否やすぐさま、職員団体の書記長という者が校長室に突然やって来た。

「年度初めの職員会議が終わりましたら教職員の代表と交渉をお願いしたい」

「交渉は就業時間が終わった十七時以降でお願いします」

「いや、職員会議後すぐで」

盛んに職員会議後すぐの時間に拘った。

「就業時間内には組合交渉はできません」

「どうしてでしょうか？」

しきりに職員会議後すぐの交渉を主張してきた。

「組合との交渉は就業時間外でお願いします」

「元の校長はいつでも応じてくれました」

「そうですか。前の校長先生は確か教職員課出身でしたね。どうして、元の例を出すのでしょうか」

「……それでは、十七時に校長室に分会役員が来ますのでお願いします。ただし、場合によってはその後すぐに職員会議を開きます」

「その後に職員会議ですか。何のために開くのでしょうか」

「教育方針に変更があれば、教職員に改めて説明が必要です」

「ちょっと待ってください。副校長に確認します」

「私は校長に話している。人に相談せず自分で決められませんか」

その訴えを聞き流しながら、

「深坂です。今、書記長が校長室に来られて十七時に交渉をしたいとのこと。その後、職員会議を開いてほしいと……」

「その件は校長先生がご判断ください。就業時間外に臨時職員会議のために教職員を残すことになると、その了解だけは得ておいてください。お願いします」

「わかりました。職員会議の件は私が判断します」

電話を終えると、純平は書記長に席を勧めた。

「まあ、腰かけてください」

「自分は要望だけを伝えに来ました。立ったままでいいです。それで校長の結論は」

純平は、突っ立ったままの書記長の顔をとくと見ながら伝えた。

「交渉は十七時に校長室で。その後、臨時に職員会議を開催するか否かは、その場で私が判断します。それと、管理職の副校長と教頭先生を同席させます」

「いいでしょう」

「念のため、十七時以降に全教職員を残すことは問題ないのですか？　非組合の教職員もいますが」

「それは分会長から教職員全員に伝達してもらいます！」

「わかりました。しかし、基本的には、組合交渉の後での職員会議は行いません。そもそも職員会議は校長が招集することになっています」

「どこかに決まりでもあるのですか」

「学校教育法施行規則に明記されています。ちなみに、改正された規則では『職員会議は校長の補助機関』であることが明確になっていますから」

「いや、困るな。自分は法律を議論するためにここに来たのではありません。あくまでも、新任校長を手助けできるのではないかと思って……。臨時の職員会議は我々との交渉の後に校長先生が決めるということですか。一応、組合本部にもその旨を連絡しておかないといけないので」

「組合本部に連絡をねぇ……」

「本部では各校の動静を年度初めに取りまとめます！」

「調べるということですか」

純平は「校長の腹を確認するというか」と問いたくなった。ここは譲れないところだと思った。

「民間人校長で、慣れないこともあるのではないかと心配してくれているわけですか。これまで校長になるため、教育委員会の高校教育課で専任主幹としての研修は受けています」

「組合本部も深坂校長の職務遂行にはとても注目していますから」

「それはどうも」

「今後、本部の委員長、書記長が来校することもあります。その場合でも今の考え方は変わりませんか」

「就業時間前の早朝か、就業時間後の夕方に来てもらってください」

伝えた途端、書記長はキッとした表情で純平を睨みつけた。

そして、無言で校長室の扉をバタンと大きな音を立て開閉し出て行った。校長室前に控えていたおそらくは数人の組合役員とおぼしき教職員と一斉に二階の職員室に駆け上がって行った。ダダッと階段を駆け上がるけたたましい音は、さながら唸りを上げた怒号のようであった。

これからが正念場だと純平は思った。

少しすると、副校長が心配顔で、校長室に息せき切って入ってきた。

「書記長が職員室に入るなり、『新校長は俺たちと戦うつもりだ！　思い知らせてやる！今日の職会からだ。いいかみんなそのつもりでな』と大きな声で今もがなりたてています」と報告してきた。このままでは本日の職員会議は大変なことになると思い、青ざめた表情であった。

副校長から一枚の紙を渡された。第一回職員会議議題と記されていた。

定刻の午後三時に年度初めの職員会議が始まった。

純平は、自分の席が会議室前方の真ん中にあることを目視しながら、席に着いた。

ざわついた会議室は、純平の登場で一瞬水を打ったような静けさに変わった。

純平の両側には副校長と教頭がすでに座っていた。その横に、二人の教員が座っていた。つまり、並居る教職員からよく見える最前列の席には、校長はじめ管理職と二人の教員の五人だけが座っている。

純平の席には、先ほど副校長から渡されたばかりの職員会議議題と記された紙が置かれてあった。

進行役の教員の一声で始まった。

「それでは第一回の職員会議を始めます。最初に校長先生からお話があります」

純平は椅子を後ろにずらし、席から立ち上がった。手が少し震えていた。そして、民間人校長の第一声が放たれた。

「本日、教育長から神奈川県立紅葉坂高等学校長の辞令を受けました深坂純平です。先生方、職員の皆さん、よろしくお願いいたします。ご承知のように、私は文部科学省が数年前より導入した民間人校長として、先生方と職員の皆さんと一緒に仕事をすることになりました。企業での経験を活かしながら、皆さんの意見も聴きながら学校運営に当たりたいと思います」

会議室は静まり返っていた。しかし、純平に顔を向けている教職員は半数程度である。

純平は、ここぞとばかり声に力をこめ、

「それでは具体を申し上げます」

純平は具体的と言わず具体ということに当初は驚いた。しかし、しばらくすると、教育委員会や学校現場では普通に使われていることを理解し、自分でも使うようになった。

「一点目、神奈川県が推進している『かながわの教育』を実践してください。

二点目、教育委員会が定める基準《もとじゅん》、規準《のりじゅん》を踏まえて、創造性を活かした授業や校務運営をお願いします。

三点目、授業改善をどの先生もお願いします。一学期中にはすべての先生方の授業観察をいたしますのでよろしくお願いします。

四点目、生徒の意欲向上に努め、学び、学校行事、部活動において、一人ひとりの生徒が意欲的に取り組めるようにご指導願います」

ここまでを配布した資料をもとに一気に説明した。

時折、咳払いが聞こえる。

純平は、次の重要な点を通達する前に、並居る教職員をじっくり見回した。

初めての職員会議に臨んでいる割には落ち着いていた。声も上ずることはなかった。

そして、「五点目ですが……」と言った途端、純平は緊張のあまり咳き込んでしまった。

咳が治まるのを待ってから、

「入学式では国旗掲揚はもとより、国歌斉唱をお願いします。これは教育公務員として行ってもらうものです。……」

教職員の顔が強張り始めたことは純平には見て取れた。副校長も、教頭も伏し目がちとなり、黙っている。

進行役の教員が割って入った。

「ただ今の校長先生からの指示伝達について、何かご意見、ご質問はありますか」

「私の話はまだ終わっていません。最後まで説明させてください」

純平は威厳を含んだ物言いをした。

「特に、儀式的な行事での国歌斉唱は学習指導要領にも定められています。国旗を掲揚するとともに、国歌を斉唱するものとして、指導してください。詳細は配付書類をお読み願います。校長としての指示伝達事項は以上です」

そこまでを説明してから着座した。純平は首回りにじっとりと汗が滲むのを感じた。そして、フウと一息ついた。

進行役の教員が「質問のある人は挙手を」と言いかけたところで、

「校長にお尋ねする。生徒が国歌を歌いたくないと言った場合はどうする」

年配の髭を貯えた教員が校長を指さしながら質問した。会議室に一斉に拍手がわき上がった。

「そうだそうだ。生徒は歌いたくない」

この教員の周りの教員からも声が発せられた。

「生徒はみんな歌いたくないんだ」

またしても、質問した教員の周囲に座ったまま、他の教員から声が発せられた。「そうだそうだ」と賛同の声が、まるで合いの手のように次から次に上がった。

純平は席から静かに立ち上がった。

すると、ざわついた会議室は再び静寂に包まれた。五十三人の教職員が、校長の発言に注目し、すべての教職員が校長を一斉に見つめた。

（やはりこのことはきちんと伝達しておかないといけない）

「生徒が歌いたくない場合は斉唱するように促してください」

「それでも歌わない場合はどうする」

どこからともなく問い質された。

「歌わなかったらそれでもいいのか」

純平は不思議とじたばたしなかった。そして落ち着きはらって、

「教員が国歌斉唱を促しても、生徒がどうしても歌いたくない場合は仕方がありません。ただし、教職員は国歌を斉唱するよう指導する立場ですから、必ず範を示してください」

「範を示すとは」

今度は先ほど質問した教員の真向かいに座った初老の男性教員が質問してきた。

「教職員は国旗に向かって起立し、国歌を斉唱してください。配布文書通りでお願いします」

憮然とした表情をする一団を見てとって、

「入学式では在校生は式典前に事前に予行を行っています。歌いたくない生徒の確認はこの段階で可能です。『本校の体育館に初めて入場した新入生が国歌を斉唱したくない』とは、どの時点で確認されているのでしょうか。私には甚だ疑問に感じますが」

純平は配付した教育委員会からの指示文書を掲げながら強調し、毅然とした態度をとった。

「異議あり」

またしても拍手がわき上がった。今度はさらに大きな拍手となって迫ってきた。

純平は再び席から立ち上がった。しばらく口を開かず、会議室全体を眺めていた。

「先生方、明日の入学式は新入生とその保護者にとって記念すべき日です。神奈川県立紅葉坂高等学校へ夢と希望を携えての入学式です」

　純平は一呼吸おいて、一本調子の説明から説諭する思いを持って、口元に笑みを含んだ表情を表した。

「年度の初めですから校長の職をもって改めて申し上げます。入学式の意義を踏まえ、国旗を掲揚するとともに、国歌を斉唱するよう指導するものと、学習指導要領に定められています。指導する立場の教職員は範を示し、起立して国歌を斉唱してください」

　純平は駄々っ子を優しく包み込む気持ちで繰り返し説明した。

　先ほどから質問してきた教員の周りではお互いの顔を見合わせて、何か合図をしているようであった。

　これ以降の質問はなかった。

　進行役の教員から、「本日の職員会議の議題は以上です。何か連絡事項のある先生はお願いします」と閉会が宣言された。

　純平は会議室を出て、一階の校長室に戻った。後から、副校長と教頭が追ってきた。

「初回の職会で校長先生から、あれほど歌旗《うたはた》についてはっきりと説明されたので組合も従うでしょう」

　副校長から労いの言葉があった。

「職会であれだけきちんと説明される校長先生は初めてです。慣れた校長先生ですと『通達文書通りにお願いします』程度でしたから」

そうこうしているうちに、女性の教員が校長室に入ってきた。

「本日五時より組合交渉を実施します。場所はこちらでよろしいでしょうか？」

「はい。校長室でお願いします」と答えた。

「この部屋では入りきらないと思いますが……。どうされますか？」

前任校長からは分会長と書記長など数名が、年初の組合との確認のために来る程度と聞いていた。

「そうですか。入りきらなければ隣の応接会議室で打ち合わせをしましょう」

「では五時に来ます」

踵を返して職員室に戻って行った。

教育委員会の高校教育課と総務課からは年度初めの職員会議の状況を確認する連絡があった。教育委員会の教職員課や校長会からのメールを確認している間に、小一時間ほど経過した。

五時少し過ぎたところで、組合員の相当数にあたる教職員が押すな押すなの勢いで校長室に入ってきた。校長室はごった返した。

「まあ、腰かけてください」

純平は分会長と書記長に席を勧めた。校長室の応接用の長椅子に二人が腰かけた。純平は真向かいの長椅子の真ん中に座った。

「深坂です。皆さん揃いました」と副校長に内線電話で連絡した。

ほどなく、副校長と教頭が多くの教職員を押し分けて校長室に入ってきた。二人は部屋の緊張感を感じたのか、いくぶん引きつった表情を浮かべながら、副校長は白いカバーの付いた、普段は校長が座る肘掛け椅子に腰を下ろした。教頭は立ったまま少しうろたえていた。

「教頭さんはこちらへどうぞ」

純平は隣の長椅子の席を勧めた。

「それでは年度初めの分会交渉を始めます。先ほどの職会での校長の考え方を質します。入学式での教職員の対応は説明の通りですか。改めて確認します」

「はい。説明した通りでお願いします」

「校長は法学部出身で、時折、法律論を持ち出しますが、教育現場では違和感がある。それでなくても民間企業の出で、教員免許もなくていきなり校長ですから。せめて教職員の意見を聞き入れる度量がなければこの仕事は務まりませんよ！」

「それで、確認事項は他にもあるのでしょうか？」

「これ以上、話しても時間の無駄だ。要求文書を置いていきます。よく読んで、これからの組合との付き合い方をよくよく考えて行動してほしい！」

「それはある種の示威運動ですか」

「上手くやりましょう。お互いやりやすいように」

「要望事項は確認させてもらいました。誤解を招かないように言っておきますが、決してわかったとは答えていません。確認させてもらったと言っています。これからもその都度打ち合わせをしながら確認し合いましょう」

分会長は憮然とした表情をあからさまに表しながら、

「これだけ多くの組合所属の教職員が見ています。意見を撤回しない場合、仕事がやりにくくなりますよ。副校長や教頭にも余波が行きます。それでもいいのですね！」

かなりエキセントリックになって、分会長は大きな声を張り上げてきた。

純平は、傍にいる副校長と教頭に目をやった。二人とも塞ぎこんだような様子であった。

「話は確認しました。生徒にとっても良き学校となるように協力をお願いします」

純平はテーブルに手を置いて頭を下げた。

「第一回の交渉はこれぐらいにします」

「行くぞ」と言わんばかりに多くの組合員を引き連れて、ぞろぞろと職員室の方に上がって行った。

純平は、校長室に置いてけぼりを食ったような副校長と教頭に向かって、

「二人に迷惑がかかるかもしれないが、私の考えは伝えた通りだよ」

副校長と教頭は黙って頷いた。


二〇〇七年四月五日の昼休みになって、いきなり総務担当の教員が校長室に入ってきた。そして純平の机の上に一枚の紙を広げた。

「これは今日の職会に出す資料です。時間もないので今この場で決裁願います!」

「これは何ですか」

「明日の入学式の壇上の図です」

「説明をお願いします」

「確か昨年度の図と一緒ですのでご覧いただければおわかりだと思います」

「そうですか。昨年度と一緒ですか。どうすればいいのですか」

「はい、この場でこの図で良いと了解していただければ結構です」

その時、チャイムが鳴った。昼休みが終わって、午後の授業になる。

「私も五時間目の授業がありますので急ぎます。これでいいですね」

純平は、教員が授業に間に合わないことを案じて、「いいです」と答える寸前のところで、

「ちょっと待ってください。県旗と校旗はありますが……」

「教室に向かわなくてはなりません。これでいいですね！」

「いいや、駄目です。国旗がありません。規準通りに国旗と県旗は必ず掲げてください」

「ありませんか？」

「国旗はありません」

「昨年度と同じはずですが」

「それでは職員会議前に、昨年度の職員会議の議事録とこの資料を一緒に持ってきてもらえますか」

「……。これから授業がありますので失礼します。その資料は回収させてもらいます」

そう言うと、そそくさと校長室を出て行った。

純平はすぐ副校長と教頭を呼んだ。教頭は昨年度の議事録のファイルを重そうに携えていた。

「昨年度の第二回の職員会議議事録を見せてください」

インクと黴のにおいのするファイルから、「こちらです」と教頭は議事録と添付資料を

テーブルに差し出した。

純平は白いカバーの掛かった席に着いていた。副校長と教頭は左右に分かれて長椅子に腰かけていた。

「入学式の壇上の図はこれですね」

「議事録に日付もあります。この通りです」

「今までの紅葉坂高等学校の式典はどうだったのですか」

「前任の校長先生が来られる前までは、フロアー形式で、壇上に管理職は上がっていませんでした」

「すると、国旗が飾られることは？」

「なかったです」

「国歌斉唱も……」

「ありませんでした」

「わかりました……。それで三年前に教職員課出身の校長先生が着任されたのですか」

「何か気になることでもありましたか」

副校長は純平を真顔で覗き込んできた。

「昼休みに総務担当の教員が来られて、入学式の壇上の図を了承してほしい、と。次に授業があるとかで、とても急いだ様子でした」

副校長と教頭は顔を見合わせた。

「え、それで校長先生はどうされましたか」

二人は心配顔になり、校長を見た。

純平はとくと考え込んだそぶりをした。校長の表情になっているのが自分でもわかった。

「図には県旗と校旗しかなかったのですよ」

「職員会議の資料は事前に私が見ることになっています。次からは私たちの認印のない資料には決して了承されないでください」

副校長が「職員会議事前資料について」の約束事項を校長に示した。

「わかりました。次からは用心します」

「それにしても、この間の意趣返しにしては手が込んでいる」

「校長先生がきちんと知識を持たれていることが彼らにも理解されたでしょう」

教頭が泣きそうな顔つきになり、申し訳なさそうに頭を垂れた。

「早速、校庭に掲揚する国旗を確認しておきます」

「それと、万が一のために国歌のテープかＣＤを準備しておいてください」

準備を怠らないことを確認した。

入学式は無事に終わった。

純平は民間人校長として初めての入学式を終えた。式辞も言葉を噛んだ箇所はあったものの、何とか無事に出席者全員に言わんとすることを伝えられたような気がした。

入学式の後、来賓の応対から校長室に戻ると内線電話があった。

「これから教頭と一緒に伺ってもよろしいですか」

副校長からの重苦しい声色を感じ取った。

「今日の入学式で国歌斉唱時に不起立者を出しました。誠に申し訳ありません」

副校長と教頭が雁首揃えて謝った。

「国歌斉唱時に私の袖を引いたのはそのことですか……。私も自身で不起立を確認せずすまなかった」

純平は素直に釈明した。

純平はすぐさま、教育委員会の教職員課に報告をした。

そして、臨時職員会議を招集し、全教職員の前で入学式での国歌斉唱時の不起立問題を説明した。

「儀式的行事における教職員としての態度について改めて指示伝達をします」

純平は苦虫を噛み潰したような表情になっていた。前日の職員会議で見せた心の余裕はすでについえていた。

＊

神奈川県では「校長のマネジメント調査」というアンケートが毎年実施される。校長に対する教職員からの評価である。校内のパソコンから教職員が入力し、校長の学校運営について五段階で評価する。自由記載欄には教職員が思うところを自由に記すことができる。かなり辛辣な意見もあり、思い悩む校長も多いと聞いていた。

新任校長としては自分のマネジメントが教職員から少しでも理解されていることを純平は期待する。自由記載欄には校内の出来事をはじめとして、時には宴席の振る舞いやプライベートな事柄を記載されることもある。校長のマネジメントには似つかわしくない記載もある。客観的な記載も多く見受けられるが、感情的で批判的な記載も同程度ある。アンケートの方式を取っているため、氏名の記載はない。同じ教職員が複数回インプットしても判別できないのである。

「ここは学校現場。過去にどんな経歴があっても、教員免許のない無資格校長は不要だ」

純平にとってはショッキングな記載であった。しかし、このことを重く受け止めた。

「教員免許かぁ」

ぼんやりと教育委員会から戻された結果報告書を見ながら思った。おそらく、ビジネス用語が多く、教育的な配慮も欠けていたのかもしれないと、日頃の校長としての言動を振り返った。

純平は一念発起した。通信教育で高校の公民の免許を取ることを決めた。


二年後、教育委員会免許課に申請した。

窓口の担当者は通常通り手続きを進めていた。

純平は外来者が入室する扉ではなく、関係者だけが立ち入る通路から窓口に書類を出した。上着も着ておらずワイシャツ姿で、多少慣れた口のきき方で手続きを済ませた。

担当者が決裁のために部屋中央の上席のところで何か話し込んでいた。

免許課の課長と思しき人物が窓口に座る純平を一瞥した。そして、純平が座っている席まで近寄ってきて、はっきりとした口調で尋ねた。

「紅葉坂高等学校の深坂校長先生ですね」

「はい」

「高等学校教諭一種公民の免許申請でお間違いありませんね」

かなり丁寧な対応であった。名札には確かに免許課課長柳下慎一と記されていた。

しばらく応対した後、純平は別室に案内された。そこに思いがけず教育部長が現れた。民間人校長の最終面接の時に同席していたことを思い出した。

「今回は教員免許を申請されるとのこと、おめでとうございます」

「何か教免を取る理由《わけ》でもあったのですか」

「いや、ありがとうございます」

「『校長のマネジメント調査』に書かれまして……」

「何と書かれていたのですか?」

「教免を持たない校長は無資格校長と書かれました。私も教職員には馴染みのないビジネス用語を職員会議などで使っていたように思います。少し反省しています。教職員と教育言語を使ったコミュニケーションをもっと図らなくては、と思いました。せっかく皆さんから推していただいて校長になったのですから、今のままでは申し訳ないと思いまして」

純平は正直に心内を吐露した。硬質な言葉を投げかけるなど自分の増上慢を反省していた。

「そうですか。現職の校長先生が教免を申請されるのは神奈川県の教育委員会始まって以来のことですので、私共も大変驚いております」

「そうですか。民間人の校長が採用になったのはごく最近ですからね」

「一応、教育長には報告しておきます」

「………」

「ところで、紅葉坂高等学校の職員団体とはその後、上手くやられていますか？」

「ご存じだったのですか。ご心配をおかけしています。私の不徳の致すところです」

「いやいや、そのように謙遜されなくても。実は、校長先生、学校には二タイプの生徒がいましてね。本来の生徒と、校長の前の教員です。時として後者は、校長先生の前での振る舞いが生徒と同じになる。象徴的なのは、職員会議での彼らの言動は生徒とよく似ている」

「なるほど。よいお話を聞きました。ありがとうございます」

「何か悩み事でもありましたら、いつでも教育委員会にお越しください。引田教育長も深坂校長先生の仕事ぶりには関心を持たれているようですので」

「引田教育長にもよろしくお伝えください」

「わかりました。ところで、校長先生は学校で茶道はされていますか」

「文部科学省の『日本の伝統文化を実践する研究校』に正式に認定されました」

「それは楽しみですな」

純平は教育部長にお礼を言って部屋を出た。ＪＲ関内駅に向かって歩き出した。途中、横浜スタジアムから観客の歓声が上がった。その声は純平を元気づけるエールに聞こえた。

「勇気を失わず、くちびるには歌を、そして、心にはいつも太陽を持とう」

純平は教職員ともっと良好なコミュニケーションを取らなくてはいけないと思った。

（校長の前での教職員は生徒になるのか）

教育的配慮にも思いやりが必要であることを教えてもらった。

今でこそ人口に膾炙する民間人校長になったが、まだまだ教育界には十分理解されていない点もあると純平は思った。

民間人校長への県民の期待を胸に、純平ならではの学校改革に取り組みたいと思った。

関内の空は突き抜けるような青さだった。

10

校長の定期異動で、純平は鎌倉の学校に勤務することになった。

目の前に相模湾の大海原が広がり、道路を挟んで電車が走る。風光明媚な立地のためか、生徒からは人気が高かった。教職員にとっても一度は勤務してみたい学校の一校に挙がっていた。


異動後しばらく経ってから、その学校には規程の退勤時間より前に帰る教員がいた。校長室前の校庭をいつも十七時五分前に小走りで走り抜ける。

純平は副校長に確認した。

「国語科の松浦先生から年休届が出ていますか」

「いや、出ていません」

「校長室に教頭先生と来てもらえますか」

「わかりました」

しばらくして二階にいる副校長と教頭が校長室にやって来た。

「実は、松浦先生が定時の十七時前に退勤していることは知っていましたか」

二人は怪訝な顔を見合わせた。

「明日にでも事情を確認して、もし事実であったら、必ず年休届を出すように言ってください」

「奥様の体が弱くて、いつも早めに帰りますが」

「それぞれ事情があるでしょうけれども、服務は守ってもらわねばなりませんからね」

二人にきっぱりと言った。硬直的な指示に二人は困惑した様子を見せた。

翌日も翌々日も、松浦はまるで判を押したように校長室の前庭を逃げるように立ち去る。すぐ後から藤沢行きの電車が相模湾を横に見ていつも通り長閑に走る。

純平は思わず時刻表を確認した。

「やっぱりそうか。十七時二分の電車に乗るのだな」

校長室で大海原を見つめながら考えた。

（やはり注意しよう）

金曜日の朝会が終わったところで、

「松浦先生は二時間目には授業がないので、校長室に来るように伝えてくれますか」

「わかりました、伝えます」

二時間目の始業のチャイムが鳴った。三十分待っても来ない。しびれを切らして「松浦先生に伝わっていますね」と、副校長に念を押して確認した。

「まだ行っていませんか」

「まだ来ていません」

「すぐに連絡します」

副校長の慌てた様子が受話器から伝わってきた。

しばらくして松浦が落ち着かない様子で校長室にやって来た。

「次の授業の準備があります。何ですか」

上唇を横に曲げ、つっけんどんに言い放った。

「それでは用件だけ伝えます。まあ、腰かけてください」

その言葉を無視するように松浦は突っ立ったまま、ぎこちなく目を泳がせて校長を見ない。

「先生は定められた十七時の退勤時間前に職員室を退出していますね」

「………」

「教職員の退勤時間は十七時に定められています。それより前に主たる仕事場を離れる場合は年休届を副校長に出してお帰りください」

「通用門を十七時に出ていますので問題ありません」

「そうですか。では生徒が八時半に通用門にいた場合でも遅刻になりませんか。教室では朝の出欠を確認している時間にはその生徒は教室にはいません」

「教員になった時に先輩からそれでいいと言われました」

「退勤する時に職員室や教科準備室にいなくてもいいと言われたのですか」

「みんなそのようにしていますよ」

「まあ、学校にはタイムカードがありませんので、先生方の自己責任に委ねています」

「……………」

「教員の主なる仕事場を離れる時間を退勤時間としてもらえますか」

翌日からは松浦は十七時前に校長室から見える場所を通り過ぎることはなかった。

職員会議の校長の指示伝達事項に「教職員の服務について」を付け加えて、職員会議の前日に全教職員に配付した。しかし職員会議には松浦は年休届を出して欠席した。


純平は日課として、放課後に校内巡回を欠かさなかった。生徒たちの放課後の様子を知るためである。教室、図書館、自習室やグラウンド、校内の部活動の様子などを見る。時折生徒と話もする。校庭、生徒用トイレや水飲み場などにも立ち入る。施設の安全確認をするためである。本来は教頭、副校長の仕事であったが、純平は校務に精通するために校内巡回を前任校でも欠かさなかった。「学校改革の『解《かい》』は現場にある」を肝に銘じ、校内をくまなく巡回した。

通用門に一番近い校舎の扉の外側に、男性用の靴が置いてあった。その時は気に留めずにそのまま校内巡回を続けた。

海の見えるこの学校に着任して初めての夏のことである。荒々しい海の表情を目の当たりにした。海は大きく波打ち、海面は濃い灰色に変化する。海風は激しく校舎に叩きつける。グラウンドの砂は住宅地に向けて高く舞い上がる。グラウンドには生徒が立っていることができないほど砂塵が舞い上がる。窓ガラスがバタバタと音を立て、さながら砂嵐が舞う状態となる。荒天時の海は手がつけられない。想像していた以上のすさまじさを実感した。自然の猛威を前にして人間は成す術を失うとはこのことだと思った。

＊

学校が夏期休業に入った頃、京都で八朔《はっさく》の茶事が催される。校務に支障がないことを確認して、今回は念願かなって出席することにした。

京都駅に着くと、タクシー乗り場は和服の女性が列をなしていた。「間に合うかな」と苛立ちを抑えながら車を待った。

「上京区堀川通寺之内上るの常森寺まで」

夏用の帽子を斜に被った運転手に伝えた。

「おおきに。どんつきの入り口まで少し時間がかかりますのや。ぎょうさんお人がおいでですわ。今日は何か千家でありますの？」

「夏のお茶事ですわ」

純平もついつられて俄京都弁を話していた。

「それはそれは難儀なことですな」

タクシーを降りて、しばらく歩いたところで、偶然にも寿美子に出会った。

「あら、深坂さんじゃありませんか」

純平は挨拶された時、一瞬相手が誰だかわからなかった。その様子を察してか、

「お忘れですか。三上信太郎と……」

三上信太郎と言われて思い出した。

「ああ、あの時の。三上はその後元気にしていますか」

「ここでは何ですから、お茶事が引けたらどこかでお話しできますか」

「それでは携帯に連絡ください」

「お茶席を中座するわけにもいかないでしょうから午後にでも連絡させていただきます」

寿美子が紗の無地の着物姿で現れたことに驚いた。以前会った時のように派手な目立つ指輪やマニキュアはしていなかった。茶事に相応しい和服に薄化粧であった。

聴風庵《ちょうふうあん》での茶事が引けた。近くの茶道記念館を見学しているところに着信があった。

「銀閣寺近くの『御多福』にいます。運転手にそう言ってもらえればわかるはずです」

「わかりました。茶事が終わって茶道記念館に来ています」

「十五分ほどで着きますわ」

「それでは」

受付で車を呼んでもらった。北山方向に車は走った。

御多福は切妻造りの瀟洒な佇まいの料理茶屋であった。

純平が玄関で名乗ると、

「おこしやす。ほんに暑うおますな。お連れ様はすでに部屋にて涼まれていますえ」

和服の女性が三つ指をついて出迎えた。仲居が腰を屈め加減に顔の半分を後ろに向けながら、長い廊下を手慣れた仕草で純平を案内した。

寿美子は座敷で待っていた。先ほどの無地の紗の着物から洋装になっていた。

「待たしたね」

パナマを仲居に預けた。純平は床の間を背にした。寿美子は結い上げた髪を下ろしていた。部屋には寿美子と二人きりであった。

純平は正面から寿美子を見たのはこれが初めてであった。「なるほど三上も惚れるはずだ」と中年の恋愛を羨ましくさえ思った。

清々しい夏風に乗って鹿威しが鳴り響く。

「おひとついかがですか」

仲居は純平にだけビールを注いだ。

「食事はしばらくしてからでいいわ。二人で積もる話もあるので」

仲居が「畏まりました」と言って部屋を下がろうとした時、寿美子から、

「これ、皆さんで」

和紙に包まれた心づけを丁寧に受け取った。

「これで純ちゃんと二人きりだわ。上着を脱いでもいいかしら」

目が覚めるような青のワンピースの上に紫のレースの上着を羽織っていた。上着を脱ぐと香水が純平の方に漂ってきた。

「僕も失礼して」と言いかけた途端に、

「ネクタイも外したらどう?」

寿美子は立ち上がって軽く純平の肩に手を添えてきた。

「京都で偶然純ちゃんに会えるなんて思ってもみなかったわ。上客のお誘いで京都まで付き合わされたのよ」

「そうだったんだ。僕はこれぐらいしか趣味がなくてね。ところで三上は今どうしているかね」

寿美子から漂う誘惑的な香りを遮るように話題を切り変えた。

「少しお酒を召し上がって私の話を聞いてくださる」

二人は席に戻った。

「もう一杯いかが?」

「僕は上戸でないものだから。手酌でするから」

「相変わらず純ちゃんはお堅いのね」

「まあ、今は公務員だからね。三上とは立場が違う」

「………」

寿美子はほっそりした身体から、脚を大胆に斜めに投げ出した。そして片肘を突きながら、もう一方の手でグラスに飲み物を注いだ。

「寿美子さんはやらんのかね」

「ええ、ちょっと体調が思わしくなくて。今日は失礼します」

気怠そうに言った。純平は暑さのせいかと思った。しかし、アルコールを口にしないことに疑問を抱いた。お堀端のバーでのあの所業を知っているから、なおさらのことであった。

「三上はシンガポールから異動になったらしいね」

「ええ、今は香港にいるわ。香港の投資銀行の董事長とかで。翠さんのお父様が急にお亡くなりになってしまったことも影響したのかしら。本人も期待していた本店には結局戻れずに香港行きだわ。さぞやショックだったと思うわよ。これって誰かの意趣返しなのかしらね」

「そうだったんだ。僕も神奈川県の仕事に替わってから、しばらくは連絡を取っていなかった。三上は今、元気なのだろうね」

「私にお聞きになるなんて、純ちゃんたら勘がいいわね」

「いや、僕は三上の健康と仕事のことは、寿美子さんに聞けば大概のことはわかると思ってね」

「………」

急に寿美子はハンドバッグからハンカチを取り出して涙をぬぐった。

「信ちゃんは香港に永住するつもりなの」

「え、翠さんは同意しているの」

「詳しいことは私には言わないけれど、本店に戻るチャンスは来ないと思っているのよ。それで、私と香港で暮らさないかと相談があったの」

「銀行の人事は僕にもわからないが、寿美子さんはどうするつもりなの」

「随分悩んだのだけれども、銀座の店を若い子に譲って、私も香港に行くつもりよ」

「そんな重要な話を僕が聞いてよかったのかな」

「信ちゃん、もしかするとあまり長生きできないかもしれないし……」

「縁起でもないことを言わないでくれよ。まだ五十代前半じゃないか」

「いや、女の勘よ。それに私……」

「他に何か特別なことでもあるのかね」

「いいえ、何もないわ。ごめんなさい」

そう言って寿美子は再び涙をぬぐった。

山の斜面が西日を受けて、山並みを涼風がそよぐ。御多福の庭の樹木も微風に揺れる。

鹿威しがコツンと再び鳴り響いた。

純平は鱧料理に箸をつけて京都の夏を満喫した。その後、寿美子を料亭に残して京都駅に向かった。

東京行きののぞみは混雑していた。新大阪始発の列車を予約していたが、京都駅でほぼ満席状態となった。

手荷物を上の棚に置いて、京都新聞を広げて読みだした。

「京都の夏は暑いわね。冷たいビールでも飲んで涼を取りましょうよ」

隣の座席の若い女性客の会話が聞こえた。

「私、どうもできちゃったみたいで当分アルコールがダメなのよ」

「それはおめでとう。予定日はいつなの?」

新聞を読みながら、耳は女性たちの会話に釘付けになっていた。

(どうもできちゃったみたいで当分アルコールがダメ――)

その会話に純平ははっとした。寿美子はおそらく子どもができたのだろう。

(それで店を他の人に任せて三上のところで暮らすつもりなのか)

純平は複雑な気持ちであった。

寿美子が三上と香港で生活することで多くの福があることを願った。

横浜に戻った純平は、八月二日には学校に出勤した。夏期休業中でも教職員は普段通りの出勤である。ただ通常の授業がないので、補習や部活動の指導がない大部分の教員は年休を取得していた。そのため職員室はガランとしていた。

校長室で教育委員会から送られてきたメールをチェックした。一日に二十本以上の伝達が必ず入る。こんな時期なのに、いや、こんな時期だからか、調査依頼の通達が多かった。

事務室から、「三上さんという方からお電話です」と連絡を受けた。いつもはどこの三上か確認してから電話に出るが、この時ばかりはあの三上と察しがついた。

「繋いでください」

「はい、わかりました、二番です」

プッシュボタン式電話の保留サインが点滅した二番ボタンを押した。

「校長の深坂です」

「やあ、深坂。校長が板についてきたじゃないか。俺だよ、三上だ。この間、京都で寿美子に偶然会ったとかで、俺のところにすぐに連絡があった」

「八朔の茶事で偶然お会いした」

「何か言っていたか？」

「お前の体を随分心配していたよ」

「そうか、体は年相応にガタが来ている。俺はもう本店に戻ることも、役員になることもない。こっちで骨を埋めるつもりだ」

「そのことは寿美子さんから聞いたな」

「他には？」

「別になかったな」

「そうか。俺は翠とは卒婚する。あいつは東京で、俺は香港で暮らす」

「……………」

「翠と俺には子どもがいないから、お互い好きなことをしながら余生を送る。幸い、織田島の父の遺産があるから、あいつは生活には困らない」

「……………」

「深坂、聞いているか。俺、この年で子どもを授かった。法律のややこしい手続きが済んだら、その子を俺の籍に入れるつもりだ」

「そうか、おめでとうと言うべきなのだろうな」

「そう言ってもらえるか」

「お前、体の方は本当に大丈夫なのか」

「そのことだが、正直あまりよくない。寿美子もあの体だから飛行機には当分乗れない」

「深坂、お前、こっちへ一度来てもらえんかな」
「この仕事では遠出はできない」
「そうか、それでは寿美子の相談相手になってくれるか」
「わかった」
「あいつもそろそろ店に出なくてもいい頃だからな」

＊

純平は定年となる六十歳を迎える。この先も教育界に留まるのか、新たな仕事に就くのか、相模湾を見ながらぼんやりとした不安を持ちながら考えた。折角、教育の場で居場所を見出した。このまま家に閉じこもって、「今日行くところ」がなく暇を持て余す生活はしたくはなかった。さりとて、充て職があるわけでもない。これからどうしたものかと思い悩んだ。

かつての教育事業財団の元理事長に身の上相談を持ち掛けた。山際徳治は熱心なクリスチャンで、純平とも話が合った。

「深坂君もそんな年になるのかね」
「はい、還暦を迎えます。ソナスを早めに卒業して、かれこれ八年になります」

「校長としての活躍は新聞や雑誌で見たことがある。少し時間をもらえるかね」

「はい、突然のお願いで恐縮です」

「いや、私は嬉しいのだよ。君が教育事業財団理事長から校長になってくれたことがね」

「そうですか。ありがとうございます」

　山際に会ってから二か月ほど経ったある日のこと、携帯電話に連絡があった。

「日根野《ひねの》健昭さんという人から連絡があったら、都合つけて会ってはもらえないか。八王子の学校の学院長なんだがね」

「八王子ですか？」

「日根野さんは都内の大学の学長を退いて、八王子の学校で学院長をしている。吉祥寺から通勤しているらしい」

「わかりました。日根野様からの連絡をお待ちしています」

　日をあけずに日根野から連絡があった。茶道の稽古後、渋谷駅前のホテルのロビーで待ち合わせることになった。

　ロビーの飾り花の周りには多くの人がいた。純平はいったん化粧室に入って身だしなみを整えた。ボタンダウンのシャツに礼儀正しくネクタイが納まるようにした。

化粧室を出たところの斜向かいに大きな柱があった。紺のダブルのスーツの胸元にポケットチーフをさり気なく挿した男性がいた。人待ち顔の様子であった。

その紳士が純平に近づいてきた。

「日根野です。失礼ですが、深坂先生でしょうか」と丁寧に言葉を掛けられた。

「はい、深坂ですが、こちらからお声掛けしなくてはいけないところ、申し訳ありません」

「ここでは何ですから、あちらで紅茶でもいかがですか」

ロビー横のレストランは混んでいた。順番待ちの予約表はすでに五番目まで名前が記されていた。純平の横でこの紳士は「日根野、二名」と手慣れた様子で記名した。

「よく私だとわかりましたね」

すると日根野はくすっと笑う仕草を交えながら、視線を純平のジャケットの前身頃に落とした。

「これは失礼しました。抹茶の跡が残っていました。不調法で申し訳ありません」

席に着いてからも茶銘「慶知の昔」が純平を押し出した。

「紺に緑は鮮やかですね。シエラレオネの国旗のようだ」

二人は和やかに笑った。特段の話もなく八王子の学校での純平の奉職があっさりと決まった。

11

純平は神奈川県の公立学校を退職してから、かつて勤めていた教育事業財団元理事長の口添えもあって、八王子の女子校の校長に就いた。

学校は百三十年を超える伝統校で、併設の短期大学も比較的歴史もありそれなりの評判もあった。一方で大学は歴史も浅く、学校運営に大きな負の影響を与えていた。

理事会ではもっぱら現況報告に時間が割かれた。中高、短期大学、大学と法人部門に分かれて、お定まりの報告が行われた。中高と短期大学、大学のすべてが生徒、学生数の定員を充足していなかった。とりわけ大きな予算を計上している大学の経営安定が喫緊の課題であった。

ある日の会議で、法人事務局長から突然の提案があった。

「中高に系列大学のコースをつくる」

高等学校の校長の純平に一言も相談はなかった。これには純平はまたも歯軋りをした。

「その目的と経営の見通しを聞かせてください」

感情を抑えて聞き返した。

「校長に説明するまでもなく、大学の学生募集にメリットがある。生徒募集に苦慮する中高にも生徒数増加の目途が立つ」

木で鼻をくくったような一方的な説明であった。

純平は中高の職員会議に諮った。

「大学コースをつくるなんて大学の独りよがりだ」

「そんなことをしたらさらに中高に生徒が集まらなくなる」

「大学はもっと学力を高めるべきだ。努力が足りない。系列校からの持ち上がりを期待するのは本末転倒だ」

純平が予想するまでもなく反対意見が渦巻いた。諮るというよりは結論めいた報告をせざるを得なかった。純平は、「生徒募集に苦慮する中高にも目途が立つ」と語気を強め、高圧的な目遣いで言い放った法人事務局長の様子を決して忘れていない。

中高の職員会議を受けて早速、在校生にアンケートを取ったところ、系列大学には行きたくない、中高のイメージに合わない、偏差値が低過ぎるなどの否定的な意見ばかりであった。なかには、大学コースがあったなら入学しなかったとの記載も少なからずあったことに驚いた。

アンケートの集計が中高教職員に配布された。「校長は理事会でこの結果を説明すべきだ」と要望が出た。中高の教職員の大半がそうであった。

明治時代中期に創立された中学校や高等学校を母体とした新興の大学の多くは、歴史も浅く、社会的な認知度が中高よりも低かった。このことは何も都内に限ったことではなく、全国的な傾向であった。

純平は、アンケートの結果を理事会で説明した。大学側の理事は顔を紅潮させて怒りを露わにした。

「中高校長は法人の常務理事でもある。学院経営を担っている意識がまったく希薄だ！」

これまたきつい口調で、学長はじめ大学側の理事より迫られた。理事の半数が大学側の関係者であったことから、理事会は一方的に中高への意趣返しとなった。

純平は生徒の感想を正直に大学側に説明すれば波風が立つと予想していた。だから説明を躊躇した。しかし理事会に出ている中高の二人の教頭から、「大学側に現状をはっきり言ってほしい」との要望もあって説明をした。

大学側も中高も、所属部門の利益を優先し、生徒目線になっていない、まっすぐな線の上の議論を繰り返した。

この他、学内理事だけで開かれる常務理事会は定例的に開催されていた。

「高等学校の修学旅行先を京都から台湾に変えることについて審議します」

常務理事会で高校の修学旅行が議論されることなどかつてはなかった。

「市が積極的に推奨している台湾への修学旅行に変更したい。国際交流を推進する市の先駆けとなる」

純平は淡々と説明した。

「京都、奈良の修学旅行を見直す意味がわからない」

「京都、奈良の日本古来の大路を見ることに高校生の修学旅行の意義がある」

「台湾でのキリスト教教育はどうするつもりか」

大学側の常務理事から反対意見が淀みなく出された。

純平は方広寺の鐘銘事件を思い出していた。「重箱の隅をつつく」議論はまったく生産的でないと思った。

「もちろん、古の都大路を実際に生徒が歩いて探求する意義を否定するものではありません。海外でも台湾は親日的で、本学も多くの留学生を受け入れている」

「留学生を受け入れることと、高校生の修学旅行を同一線上に議論することはナンセンスだ」

高校から系列大学への進学を多くの生徒たちが希望しないことを説明した際、目をむいて睨みつけてきた副学長がいきり立って口撃してきた。これを機に大学側の反攻は勢いを増すばかりであった。

「台湾の教会で礼拝も行える。京都、奈良の修学旅行では教会訪問はなかった。都内の競合校の多くは海外修学旅行に切り替えて、人気を博しています」

「人気取りのための修学旅行なら、そんなものは止めた方が生徒のためだ」

会議室は嘲笑めいた笑いでどよめいた。中高の二人の教頭は大学側の猛攻に気圧されたか、ダンマリを決め込んでいた。

純平は、高等市民たらんとする人たちとの議論はかみ合わないと思った。


そんな大学側との関係がぎくしゃくしている時、地域のテレビ局から純平に出演の依頼があった。「民間人校長の学校運営」というものであった。

すでに、八王子の学校に着任して三年目に入った。

皇室の方が多摩御陵に行幸啓された折、ヘレン・ケラー氏がかつて訪れた学校を見学されたいとのことで、百三十年の歴史ある不二青嵐学院に立ち寄られ、ヘレン・ケラー氏の写真が飾られた建物を見学された。

その後、明治維新で勇躍した幕閣が終の棲家とした屋敷跡、現在は料亭となっている敷地内の茶室での点前を、池越しに見学された。実は茶室でお点前をしていたのが純平であったことは、関係者以外には知らされてなかったが。

異色の人物が担う学校経営をテレビ局がインタビューし放送したいとのことであった。

このことが常務理事会で早速話題となった。

「皇室の方をお迎えした内容などをテレビで放映されるのはいかがなものか」

「不敬に当たらないのか」

「遠慮するのが礼儀であろう」

このような議論もあり、結果として純平が大学側の意向を入れ、テレビはお断りをすることになった。

また学院は高校入試に英検特典入試や総合入試を導入した。都内の高校入試ではすでに実施している学校もあった。純平が校長をしていたこの地区では初めてのことであった。

ロータリークラブと連携した国際教育や創造性を培う英知学など、学院の特色ある教育もようやく浸透しだして、生徒たちや保護者から好印象を持たれていた。

新たな学校改革の評判が定着し、生徒数もようやく増え始めた。

そんな折、地域のテレビアカデミーから、中高校長の純平に講演の依頼があった。

これにも講演を止める動きがあった。大学の理事を務めていたテレビアカデミーの社長のところに、学長、副学長、事務局長、広報部長が中止を求めた。まず学校法人として学院を取材すべきだとの考えからであった。

純平は障壁となる力が現れた時は忍従するか、視聴する市民の要望に応えるべきと考えるか迷い、「教育」を前面に立てながら、大学の意向と横社会の団結に阻まれ、自由と創造性、生徒目線の考えが薄れることには忸怩たる思いがあった。

そして寝ている時も自分の歯軋りに驚いて起きることもあった。

大学と中高の縦社会の関係と、意趣返しを彷彿させた言動には毅然たる態度を取る必要があると考えた。純平は「理不尽なやり方」には我慢ならなかった。世の中の要望に応えず、このまま終いとするわけにはいかない。講演を行ってから学校を去る決意をした。

駅や商業施設では講演会のポスター貼りが予定通り行われた。

いよいよ講演会の日となった。

中学校・高等学校の礼拝堂には朝から多くの人が集まりだしていた。

「それでは、不二青嵐学院の深坂校長にご登壇願います」との場内アナウンスを受けて、

「ただ今ご紹介にあずかりました深坂です」

と講演の口火を切った。

「明治十四年の政変を皆さんはご存じでしょうか」

唐突な純平の話に場内は静まりかえった。

「明治時代の日本の政治方針について、君主大権を残すドイツのビスマルク憲法かイギリスの議院内閣制を採用した憲法にするか、論争が繰り広げられました」

場内は固唾を呑んで見守る聴者で埋めつくされた。

「大日本帝国憲法はご承知の通りドイツを手本にしてつくられました。現在の日本国憲法は大隈侯が提唱したイギリス式の議会制民主主義に範をとったものになっています。時代の要請で真の姿に収まっていきます」

突然席を立つスーツ姿の数人が純平にはっきりと見て取れた。

本題となる民間人校長の学校経営では、

「不二青嵐学院英知学、町おこし探求により、生徒の創造性と考える力を醸成します」

と、スクリーンに大映しにされた授業の様子を中心に説明した。

同窓会長の今田紀久子が頷く姿があった。

「町おこし有識者会議」では生き生きとした生徒の姿がスクリーンに映し出されるたびに場内から大きな拍手が起こった。

最後に、件《くだん》の行幸啓された折、純平が別邸でお点前する姿がスクリーンに大映しされた。場内は俄にざわついた。和服姿の人物が純平であることがわかったからである。

講演は上々の評判を得た。

講演後のテレビアカデミーからのインタビューでは、

「深坂校長は明治十四年の政変における大隈重信の下野が、自身の身の振り方に影響を与えていますか」

のっけから学院の論争に迫ってきた。

「あくまで、時代の要請で変えるべきは変える。変えなくてはいけない時期は今だと思っています」

「学院にも大学を含めて教育の変革が必要であると。そのような趣旨でしょうか」

と食い下がる質問に、

「不二青嵐学院のみならず、グローバル社会における戦後教育の陥穽《かんせい》の大修復が今求められている。そのように感じています。ただし、高等教育に関しては私のテリトリーではありません。その点だけははっきり申し上げておきたいと思います」

純平は大学への配慮を忘れなかった。

「もう少し具体的に説明願えますか」

「集団的な一斉授業による知識集約型の授業ではなく、個々の生徒一人ひとりの創造性を醸成する教育体制が必要だと思います。教育は時代に向かって差し出された鏡です」

「教育は時代の鏡ですか。それには何をどのように変える必要があるとお考えですか」

「読み、書き、計算、ドリル学習から、解のない問題や予測不能な課題を考えるなど課題解決探求が必要であると思います」

「不二青嵐学院中学・高等学校では、総合的な学習や伝統文化教育に熱心に取り組まれています。この点も課題解決の探求に結び付いているのでしょうか」

「市の町づくりについて、生徒が総合的な学習の時間に考える。市内や近隣には精密機器などを製造するメーカーも数多くあります。市の特色を活かしたもの創り探求や留学生も増え続けている市で、茶道による国際交流などを積極的に行っていければと考えています」

「不二青嵐学院中学校・高等学校の特色ある教育が、戦後長らく行われてきた一斉授業に楔を打ったわけですね。ところで、系列の大学の変革について何かお考えがあれば是非お伺いしたいです」

「大学教育に関しては正直わからない点も多くありますので、中等教育に関して述べさせていただきます。時代の要請と社会の変化を的確に捉えた教育を実践することでしょうね。また、社会変化に即した柔軟な考え方が必要になります。楕円のように考え方の軸を複数持っていることが必要です。従来の延長線で物事を考えるのでなく、柔軟に軌道修正することができる考え方です。このことは今日の大学教育にも当てはまるのではないでしょうか」

「………」

「その時には仮に受け入れられなくても長期的な視野に立てば必ず受け入れられる。正に教育の近代化に貢献した大隈重信の『進取の精神』ですね」

12

ある新聞社が主催する教育賞の報道があった。民間企業での実績とその後の民間人校長や私立学校での学校経営者としての深坂純平の受賞記事が大きく報道された。

「教育面と経営面に明るい経営者がほしい」

記事を読んだ白鷺女学院のジェームズ・椙田《すぎた》は考えた。

「教育賞受賞の記事を読みました。一度お会いしてお話をお伺いしたいのですが」

ジェームズ・椙田から純平は突然の電話を受けた。

「それはありがとうございます」

「よろしければ先生の学校までお伺いいたします」

「どちらから来られるのでしょうか?」

「姫路からお伺いします」

「それはご足労おかけします。果たして、ご意向に適う話ができるかわかりませんが」

純平は遠慮気味に答えた。

純平は先方の学校を検索してみた。なるほど歴史と伝統のある学校で、きれいな校名も印象に残った。私学学校便覧で一見したこともある学校でもあった。

純平はこの学院の学校運営上の硬直的ないざこざに嫌気がさしていた。

一方、ジェームズ・椙田は前例に囚われずに、積極的に学校改革に取り組める人材を探していた。


不二青嵐学院を訪れたジェームズ・椙田は、礼拝堂正面に飾られた写真を見るや否や十字を切った。

「ヘレン・ケラーのみ恵が、私たちの学院にもありますように」

そして校長室でお抹茶を点てる純平を見つめながら語った。

「民間人校長としての実績は新聞記事などで拝見しております」

「それはありがとうございます」

「差し支えなければ、先生の教育信条をお聞きしてもよろしいでしょうか？」

「祖父が東京で校長をしていたこともあり、幼い頃より教育の大切さは肌感覚で理解しています。教学と経営を両軸として持続可能な学校を目標とします」

ジェームズ・椙田はじっと目を閉じて純平の言葉を聞いた。

「先生は生徒と昼食会を毎月開いているようですが」

「はい、よくご存じですね。教室で生徒とお弁当を一緒に食べます」

「どんな話が生徒から出てきますか?」

「今までに他校も含めて延べ二千五百人ぐらいの生徒とお弁当会を開催しました。そうですね、授業や宿題のこと、学校の施設についての要望も出てきます。授業がわかりにくいとか、トイレが汚いとか」

「それで先生はどうされますか」

「全教員の授業観察をします。適宜助言をして授業力向上に努めています。また、校内巡回を放課後に必ずしています。施設の安全性、利便性を実際に目に焼き付けていきます」

「教職員や生徒の反応はどうですか?」

「教員も初めは校長の授業観察には戸惑いを見せていました。しかし授業の大切さを一緒に考える、よい機会です。教科会にも時々出ます。生徒にとって身近な学校管理者になることを自任しています」

ジェームズ・椙田は純平から一頻り説明を聞いた後、

「先生はキリスト教とはどのようなきっかけで……」

「はい、横浜山手の教会に通っています」

「そうでしたか」

校長室の写真に目を留めながら、

「この写真は、真ん中が初代の校長先生です。アメリカからの宣教師でした。一八八七年当時の写真ですが、アメリカ人の校長先生と生徒は洋装で帽子を被っています。日本人の教職員は袴やもんぺ姿で、帽子も被っていません」

「先生の学校管理者としてのお考えは？」

「時代の要請に応じた教育を実践することでしょうか。和而不同を肝に銘じています。本校ではキリスト教精神に基づいた教育を行っています。よきキリスト者の模範となりたいと常々考えています」

「今度、白鷺女学院の理事会でお話しいただけないでしょうか」

純平は白鷺女学院で講話することになった。


純平はこの学院中学校・高等学校での改革を、同窓会長の今田紀久子と共に推進してきた。今田からは多くの理解を得て、学校改革を一緒に進めてきた。純平の決断を鈍らせる要因は、今田との約束であった。

「できるだけ長く勤めてほしい」

「わかりました。中学校・高等学校の生徒が増えるよう共に頑張りましょう」

そう約束したことがあった。

外野の声に惑わされることなく、いい学校づくりを推進してきた。

純平はバスでの広告を思い出していた。「八王子から、不二青嵐学院から世界へ」と掲げて市内をバスが走っている。バスターミナルではスクールバスかという錯覚さえ市民に与えた。

ハワード・ハンソンが作曲した「ディエス・ナタリス」という楽曲を想起した。

「終わりは消滅でなく、永遠に向かっての新たな誕生」

これを信じて、今田との約束を後任の校長に委ね、新たなスタートを切ることにした。

心に残るのは生徒たちとの昼食会であった。学院では四十回を超え、千人以上の生徒と弁当を一緒に食べた。

茶道部が稽古している茶室にも随分通った。

純平は、生徒たちの輝く瞳を後押しできたであろうかと自問自答した。

＊

教育と経営の手腕を請われて白鷺女学院に理事長として奉職することを決めた。

現地に知人もいないことから、当座は妹の暢子の嫁ぎ先の近くから通うことにした。姫路までは三宮で快速電車に乗り換えて一時間ほどで着く。

　初めての単身赴任でもあり、どのように休日を過ごそうかと思った。港町神戸には洋館が多くあり、兵庫県には姫路城や尼崎城などの城や城址がたくさん存在する。休日には洋館や城巡りをしながら時間をつぶそうと考えた。

　気がかりな点が一つだけあった。炊事、洗濯やゴミ出しなどが、果たして一人でできるのだろうかと思った。それを見越したように、三月の春分の日からの連休に、妻と娘たち総出で引っ越しの手伝いに来てくれた。大きなスーツケースを携えて新横浜駅から新幹線に同乗した。

　指定席の座席を向かい合わせにした。娘たちは家族旅行気分からか、はしゃいでいた。

「お父さん、本当に一人で生活できるの？」

　娘が心配顔を浮かべて言った。

「外食ばかりで野菜や果物をとるのを忘れちゃ駄目よ」

　妹が姉の言葉に呼応するように言ってきた。

「大丈夫だよ。栄養のバランスを考えて、朝食もきちんと食べるから」

　純平は笑顔で答えた。なぜか物思いにふける妻の萌々子だけはダンマリを決め込んでいた。

「ああ、富士山だ」

「きれいだね。お母さん、見て見て、富士山」

皆が車窓から見える富士山に釘付けになっても、萌々子はやはりダンマリと口を閉ざしていた。時折、夫の話し声を聞く姿勢をとるが、しばらくすると、顔を下に向けて、伏し目がちとなり話に加わることはなかった。

名古屋駅を過ぎてからようやく萌々子が隣に座る純平に呟くように、

「毎朝の食事の様子をスマホから送ってね」

次の停車駅は「京都、京都」のアナウンスを聞き終えてから、

「うん、わかった。そんなに心配しなくても何とかやってみるよ」

純平は優しく妻に微笑んで答えた。

「毎週、食品を送るから必ず食べてね」

萌々子は不安そうな眼差しを夫に向けた。懇願するかのような視線を向けたと言った方が、むしろ萌々子の心理をよく表していたかもしれない。

「うん、わかった。ありがとう」

傍らの妻の肩を優しく抱いた。この姿を見て、真向かいに座る娘たちも安心したように笑顔となった。

新幹線が新大阪駅に着くと、姫路方面に行く電車に乗り換える。大きなスーツケースを持っていたこともあり、まだ慣れないプラットホームをたどたどしい足取りで七番線ホームに向かった。スマホの乗り換え情報が役に立った。

ホームで電車を待っていると、「播州赤穂行きの新快速電車が到着します」とアナウンスがあった。そして新快速電車に乗り込んだ。複数のスーツケースを携えて乗り込んだため、迷惑そうな顔つきを一瞬向けられた。

皆が播州赤穂行きというアナウンスを聞いて、遠いところに来たものだ、という気持ちになった。その様子を見た純平が少し落ち込んだ。

「大阪駅の次は尼崎、尼崎。この電車は播州赤穂行きです。お間違えのないようにご乗車ください」

純平はおおさか、おおさかのアナウンスが「少しイントネーションが異なるが、標準語でのアナウンス」に驚きながらも、関西が少し身近に感じられた。大阪駅ではかなりの乗客が入れ替わった。

車内では大きな荷物を持った純平たちのしゃべり方に一瞥する乗客もいたが、特に気になるほどではなかった。

純平は少し大きめの声で、「ここが大阪か」と妻たちに囁いてみせた。

しばらくすると「次は尼崎、尼崎」とさっきと同じような響きのアナウンスがあった。

二〇〇五年に尼崎市久々知で起きたＪＲ福知山線列車事故を思い出した。

尼崎の次は芦屋であった。各駅電車に乗り換えてからは家族が揃って横並びに座れた。

「電車空いていてよかった」

娘たちが笑顔で話しているのが聞こえた。

芦屋の駅は快速電車や新快速電車が止まる駅にしては四番ホームまでのこぢんまりとした瀟洒で控えめな駅であった。

芦屋駅で各駅電車に乗り換えて二つ目の摂津本山駅で下車した。そこで妹夫妻が改札口で出迎えてくれた。

「お兄さんも今日からこちらの人ね」

「まぁよろしく頼むよ」

「萌々子さんも心配でしょうけれど、何かあれば私が世話をしますから」

「よろしくお願いします。この人、一人で生活するのは初めてだから。ご面倒おかけすることになりますが、よろしくお願いします」

萌々子は妹夫妻に深く頭を下げた。娘たちもその姿を見て同じように頭を下げていた。

阪急線岡本駅近くの不動産屋でマンションの鍵を受け取った。不動産屋の対応がいつになくよかった。「近くに住む妹夫妻のお蔭だ」と得心した。電気、水道とガスが翌日から使えるか確認した。引っ越し先のマンションには電灯やエアコンも今日のところは未だ設置されていないので、三宮のホテルに泊まり、明日から引っ越しの作業に取り掛かることにした。

元町中華街の盛華楼でささやかな引っ越し祝いを家族でした。円卓のテーブルに四人が揃い、久しぶりの家族団らんを、横浜中華街ではなくて神戸中華街で迎えることの不思議さを四人が感じた。

翌日の午前中から電気工事が入り、部屋には電気が灯り、まだお彼岸といっても肌寒い部屋にエアコンが設置された。午後からはいよいよ引っ越しの荷物の受け取りである。引っ越し業者、電気店、百貨店からの荷物を受け取った。他にもガス、水道やインターネットの契約と、業者が入れ代わり立ち代わりと訪れ、部屋はごった返した。

妻と娘たちはインターネットで探した駅周辺のスイーツの店からパンを購入してきた。ようやく片付け終えたリビングルームで、

「まぁ、美味しそうなパン。私、神戸に来たらこれが食べたかったの」

萌々子は乙女のような表情を浮かべた。

「コーヒーの香りもとてもいいわ」

娘たちもはしゃいだ。

「うん、そうだね……」

純平がうつむき加減でテーブルに腰かけた。

（こんなに楽しい家族との時間もしばらくの間お預けだな）

そう思うと、急に孤独感に苛まれたからだ。

四人総出で引っ越し荷物の整理に取り掛かったこともあり、夕陽が大阪湾に陰る時間には、レースのカーテンと遮光・遮熱の落ち着いた色のカーテンを二重に引き、絵画や写真を飾り付け、ガランとしたマンションの一室も私立学校の理事長の部屋らしく、それなりの住まいに変貌した。

西日が黄金色に染まる頃、マンションを出て、近くのブティックのウインドーショッピングを楽しんだ後で、駅近隣のレストランでパスタとスイーツを食べながらの夕食を家族でとった。

「この柄のシャツが神戸らしくていいと思わない？」

好き嫌いの好みがはっきりしている娘が紙袋から取り出した、バナナが胸元辺りに刺繍されたシャツを見せた。

「いいわね」

姉が褒めた。

「引っ越しを手伝ってくれたのでプレゼントするよ」

純平は笑顔を交えて言った。

「皆にも何かプレゼントするよ」

「お父さんの好きなものでないと引っ越し祝いにならないね」

何事につけはっきり言う妹が言葉を躍らせた。

「そやね……」

純平が慣れない関西弁を使うと、家族の笑い声がレストラン中に響いた。

夕食後、駅を背景に記念の家族写真を撮った。そして、阪急電車に乗って夜景映えする三宮の街並みを散歩した。ネット検索で探し出した神戸で有名なパン店で好みのパンを購入して、駅前のホテルに辿り着いた。

翌日は、早めの朝食をホテルで済ませ、マンションに向かった。

未だ小物の電気製品が居場所を探しているように、部屋の片隅で段ボールから出されず置かれていた。純平は収まりのよい場所を考えそれらを設置した。

萌々子と娘たちは玄関マットやトイレ、風呂用マットを敷き、台所用品を整然と並べていた。細かな点まで気が回るものだ、と純平は感心した。単身赴任が初めての純平は、洗剤や調味料を揃える習慣がまったく身についていなかったので、家族での引っ越しの手伝いは本当に助かった。というよりも生活に必要なものがこんなにもあるのかと気づかされた。そんな様子を察した家族は、純平の異郷の地での単身生活になおさら不安を募らせていた。とりわけ、妻の萌々子の不安は表情に出ていた。その顔を見るにつけ、今度は純平が一人での生活に先行き不透明という不安を強めた。

（神戸に引っ越してきた。もはや後戻りはできない）

そこに、妹夫妻が引っ越し祝いにと、中輪の胡蝶蘭と百貨店で購入したと思える袋包みを抱えて現れた。

「引っ越し祝いに胡蝶蘭と春物のカーディガンを持ってきたわ」

「気を遣わせてすまないなぁ」

純平は喜びを交えて答えた。

「これお口に合うかわからないけれども、こちらの伝統料理で、いかなごのくぎ煮というのよ。召し上がって」

パックにぎっしり詰まった佃煮を渡された。

「ありがとう。助かるよ」

一人住まいの不安をかき消すように作り笑顔を浮かべた。

手に持っただけで、小魚を醤油で甘辛く煮たにおいが鼻孔をくすぐる。美味しそうだと思った。これから毎年春を迎える頃にはこのくぎ煮を食べることになるのだ。楽しみだなあと思った。

13

白鷺女学院は、百三十五年前の明治時代中期にドイツの宣教師が創設した学校であった。かつては欧米風の情操教育に憧れて姫路市内をはじめとして兵庫県内の富裕層の子女が通っていた。一九八〇年頃より定員を下回る生徒数となり、学院経営にも苦労する時期を迎えた。

二十一世紀を迎え、中学校と高等学校は校舎を建て替えた。二〇一〇年頃までは、新校舎効果もあり、公立校より学費の高くとも、歴史と伝統ある白鷺女学院に通う生徒が増えた。この頃は何とか生徒の定員は確保できた。

しかし二〇一〇年以降は、新校舎の恩恵は薄れ、近隣のスポーツ振興校や進学に特化した私学の後塵を拝して、生徒数はじり貧に瀕していた。

同じ金を払うなら実利的で成果のある私学に生徒が多く集まるようになった。従来通りの情操教育と平坦な教育では生徒が集まらないことに、経営者も教職員も盲目的となっていた。白鷺女学院は世の中から置いてけぼりをくらっていることすらわからずにいた。

短大、大学に学生が集まらず、ジェームズ・椙田は、広いキャンパスを眺めてはため息をついた。危機感から、「なんとかしなくては」と焦燥感を滲ませて苦悶する日々を送っていた。

「どこか引き取り手はないものか」

礼拝堂で祈りを捧げた。

白鷺女学院の火急の課題は学院経営に明るい人材の招聘であった。

その時、新聞で学校改革に取り組んでいる純平の記事を読み、十三年以上も公立校と私立校での学校改革に実績を残してきた彼を後継者として検討した。

ジェームズ・椙田の発案で、まず純平には白鷺女学院の理事会で「学校改革」の講演をしてもらった。理事会のメンバーからの評価は上々であった。後継者指名の下地は十分できたと考えた。

この女学院は、ハロルド・マテリッチ（神父名ラファエロ・マテリッチ）というクロアチア人の神父が院長をしていた。キリスト教主義に礎を置く学校だけに、院長との信頼関係は特に重要であった。その点、純平は八王子のキリスト教主義の学校での実績もあった。院長の信認を得ながら学校改革に臨めることは容易に推測できた。ジェームズ・椙田は「神の啓示」と信じ、彼を白鷺女学院に招請した。

生まれも育ちも関東人の純平にとって、初めての西日本での仕事であった。仕事がどのようなものになるかはまったく予想もつかなかった。純平本人は複数校の輝かしい実績を引っ提げての赴任であった。当然のことであるが自信を持って臨んだ。

しかし、妻の萌々子はなぜか案じていた。

＊

関西での住まいは、学校近隣の不動産業者のお勧め物件は気に入らず、純平は結局、勤務先の姫路駅まで新快速電車で一時間ほどかかる阪神線沿線の岡本に決めた。理由は、甲山などの山並みが見える自然が気に入ったことと、教会に通うのに便利な場所であったからである。近隣には病院、金融機関や買い物ができる店があり、単身赴任者にとって最適な場所であった。万一のことを考え、妹の暢子の嫁ぎ先にも近かったのも安堵感を覚えた。家賃は少々高かったが陽当たりもよく、駅から三分の距離は通勤にも便利であった。近くに大学もあり、お洒落で垢抜けた雰囲気も気に入った。

毎朝六時に起床し、七時半には神戸行きの電車に乗る。神戸駅で新快速に乗り換え、一時間ほどで姫路駅に着く。そこから姫路城に向かって歩けば学校に到着する。城を眺めるのが純平の楽しみとなっていた。

「おはようさん。今日も一日良い日でありますように」

心の中で挨拶する。「気張りや」と、返事が返ってくる。

そんな毎朝の挨拶を交わしながら一日がスタートした。

＊

こんな朝の挨拶とは裏腹に、学校の問題は山積みであった。

落下傘のように突然舞い降りた経営者から学校改革の狼煙を上げられては、教職員が困惑するのも仕方がない。今までの在り方の全否定に繋がりかねず、教職員が身構えるのはやむを得ないことであった。

純平にとって、複数校での学校改革の経験から、着任当初の混乱は想定内のことであった。

また、関東の文化と関東人の気質は姫路とは大きな違いもある。関西での学校改革には慎重さが必要であることは、純平には十分すぎるほどわかっていた。

そこで一策を講じることにした。学校改革プロジェクトを校内公募で募ることにした。

また、四月一日から全教職員と面談を行っていた。企業で人事の仕事に携わった経験のある純平にとって、教職員の人となりはこれで一応理解できたつもりであった。

学校改革プロジェクトのスタート当初は、参加した十八人のメンバーそれぞれから、学校を何とかしようとする熱意が感じられる意見や提案が多かった。このままでは学校が「やばい」状況にあることは全員が認識していた。肝心なことは、どのようにして「やばい」状況を脱するかであった。学校改革プロジェクトに参加していない多くの教職員も同じような感覚を持っていた。

まずは純平が促して、学校の一丁目一番地である年間の教育目標や指導計画（シラバス）を改訂し、ホームページなどで公開することにした。

生徒目線を第一に考慮した。生徒や保護者との昼食を伴う懇談会も積極的に実施し、生徒と保護者の学校への要望などをつぶさに聞き、学校運営に取り入れることもした。保護者から、「学校は閉鎖的で生徒目線になっていない」との意見も聞く。これに対しては、ホームページやSNSから教育活動を積極的に発信するよう変更した。ぼかしの入った画像からは生徒の活動内容が十分伝わらないとの意見に対しては、生徒が特定されない画像を掲載することで、生徒の活動内容が今まで以上に保護者に伝わる方法に改めた。

また、「生徒が希望する進路への支援や関西圏の有名大学に少数の推薦入学者のみでなく、受験しても確実に入れる学校にしてほしい」との強い要望に対しては、進路指導の方法を全面的に変更した。進路カウンセラーを新たに雇用し、高校三年の四月からカウンセリングを実施できるようにした。

これらの課題の対策には教員の抵抗がすさまじかった。

職員会議では、

「生徒の姿をＳＮＳで配信するなど、長い伝統を有する女子校にはありえないことだ！」

「進路指導は高校三年の担任や学年の教員が必死になって実施している。受からないのは生徒の努力不足だ」

との意見が発せられた。或いは、「親の高望み」との強い意見も出された。

純平は、「そのような意見を、発言された先生方以外にも同じような意見をお持ちですか？」と投げかけてみた。

「みんな、そう言っています」

「みんな、そう感じています」

純平はそれらの意見を聞きながら、「生徒と同じようだな」と思った。生徒たちも、「みんな、そう言っています」とか「みんな、同じ考え方です」とみんなを強調してみせる。昼食会で度々聞いていた。

このように進路指導方針を変更することを皮切りに、教員の自己防衛本能に拍車をかけてしまった。

教員の現状維持意識とは正反対に、早速、多くの保護者からホームページやＳＮＳでの変化に歓迎の意見が多数寄せられた。保護者は学校の変化に敏感であった。

しかし教員からは、

「新理事長は『教員目線』でなく、生徒や保護者の言いなりになっている」

と、組合からの申し入れまで出る始末であった。

「学校は、生徒、保護者と教職員が三位一体で運営するもの。それぞれの考え方を尊重したい」

学校の置かれている状況を内部の見方だけでなく、外部の視点に立って客観的に見る必要があることを、純平は強調してみせた。


学校経営にとって最重要な課題は、従来の右肩上がりで就学者が増えていた時代とは大きく異なり、少子化の影響で、就学人口が大きく減少していることであった。

純平は理事長就任の依頼を受けた当初から「女子校」で持ちこたえられるかとの疑問があった。学校経営の議決機関である理事会で女子校についてなんら疑問を抱くことなく、従来通りの教育体制で、なおかつ生徒募集に関してもかつてのブランド力で回復できると信じていた。なんら本質的な改善もなく、ただ漫然と生徒・学生を集めなくてはならないとの掛け声だけで終わっていたと感じざるを得なかった。純平は理事長として、従来から議論さえされていなかった男女共学について真剣に検討する必要性を感じていた。

そこで理事長に就いた純平はハロルド・マテリッチ院長と共に重い課題に直面した。全国の出生数が八十万人を下回り、少子化に一段と拍車が掛かった。男女別学の私立学校における経営の落ち込みなどにより、校内学校改革委員会は三年後の学校体制の大変革を決意した。

それは理事会で初めて、共学化の理事長提案が議論されたのである。過去に、女子校の共学化は議論の俎上にのせられることすらなかった。毎年、漸減的に生徒数を減らし続け、純平が理事長に就任した時は最盛期二千人を上回っていた生徒は八百人を切っていた。

少子化の影響を受け、多くの私立学校が生徒の確保に全力を投入する中、この学校は、ここ十年ほど生徒と学生数が減少し、大学は他の学校法人に設置者変更を余儀なくされるほど行き詰まっていた。残った中学校・高等学校の生徒の確保が焦眉の課題となっていた。

校内の教職員の公募で立ち上げた「学校改革プロジェクト」では「学校に必要なことは何なのか」を週一回のペースで検討し始め、四月から半年かけて検討した結果を職員会議で発表した。魅力ある学校づくりをするための、授業改善、行事の精選、進路実績の向上と、共学化についても改善案として発表された。

今後さらに検討を進めることで発表は終わった。

何ら具体的な施策を打ち出すこともなかったため、今、学校に必要なことは何なのかをさらに深掘りすることになった。

「少子化の中で、共学を考えることも必要ではないか」

「深坂理事長の具体的改革案を提示してほしい」

などの質問があった。

他校での勤務経験がある教職員からは「共学化」の提案があった。今の学校のみの勤務者からは従来通りの「女子校」に拘る意見が出された。

短大や大学の経営は他大学に設置者変更をすることが決定していたので、特に大きな検討を要する課題はなかった。ただ、教職員からは従来通りの継続雇用を望む者が多かった。すでに文部科学省から設置者変更の認可が下りていたので、身分替えの教職員の処遇や退職する教職員の再就職の斡旋をしなければならなかった。

純平は、公立校と私立学校の管理職の経験から、一般的に教員は現状の殻を破って新たなことにチャレンジすることには、いたって消極的な立場をとりがちであることはわかっていた。特に、私立の歴史と伝統のある学校であればなおさらのことである。母校で教員となった者が多くいる学校では旧来の殻を破れずにいた。変わることへのアレルギーが学校経営に大きな影響を及ぼしていることが、教職員にはまったく理解されていなかった。

この学校も、ご多分に洩れず、新たな改革に踏み出せずにこの十年ほど漫然と時が過ぎてきた。当然のことながら、生徒・学生は減り続けてきた。

長く理事長をしていた神父のジェームズ・椙田は、大学、短大、中高からの教職員からの信頼は厚かった。それだけに大学と短大の設置者変更の決定は、多くの教職員から「裏切り行為」と非難された。

しかしジェームズ・椙田は、長きにわたる学院の責任者として学院のことをあまりにも知り過ぎてしまった。だから焦眉の急の断行は後任者に委ねざるを得なかった。

＊

純平は休日には夙川の教会に通っていた。横浜にいた時から敬虔なキリスト教の信者として生きてきた。関西に住むにあたり、遠藤周作が青年時代に通っていた夙川駅から歩いて数分のカトリック教会に通いたい希望を持った。遠藤周作の小説はほとんど読んでいたこともあり、ノスタルジアを感じていた。

教会内のステンドグラスには、宝塚にある学校に通う姉妹の姿があった。陽の光を浴びてお御堂内に投影されるまばゆいばかりの光の虹は、ミサの静寂さの中で、祈る者に希望の光を感じさせる。敬虔な祈りの世界に神のご加護への誘いを感じさせた。

青年周作はこの教会で何を思い、どのような祈りの時を過ごしたのか、純平は神父様の話を聞きながらそんな思いにふけることもあった。

純平の住むマンションからここまでは急行に乗れば一駅で五分ほどであった。日曜の早起きも苦にならなかった。

この教会で、純平はある婦人と知り合いになった。彼女も純平と同時期に東京から教会に転属してきた人であった。洗礼者と転属信者を歓迎する集いで初めて話したことがきっかけとなった。いつも清楚な服装で、物静かに礼拝堂の長椅子に座っていた。純平には言葉少なに挨拶する程度であった。どうも姪御さんが純平の勤務している学校に通っているようである。

純平は教会では身分を明かさずにいたが、いつの間にかミサに通う信者には知れ渡っていた。教育関係者ということで、教会の普及活動や青少年の聖書の読み聞かせのボランティア活動などにも積極的に関わってほしいと勧誘があった。

＊

ややあって、不二青嵐学院の生徒から寄せ書きと手紙が届いた。


「深坂先生が学院を去られて、深坂ロス・ショックの日々が続いています。

早速、生徒会では白鷺女学院のホームページを開きました。姫路城を背景にした先生のお元気そうなお姿を拝見して生徒会役員一同安心しました。

いつでも不二青嵐中高の生徒と先生方は深坂先生の帰りを鶴のような長い首になってもお待ちしています。

八王子にも春の嵐があります。八王子の夢が西国の姫路城まで届きますように。

生徒会役員一同より」


生徒らしい文面に心を打たれた。

こちらは、春ではない嵐の真っ最中であった。

生徒から贈られた「八王子の夢」という抹茶を静かに点てた。不思議と心が落ち着いた。

14

　神戸に転居してから一年が過ぎた頃に、コロナウイルスが蔓延し、パンデミックが起こった。二〇二〇年三月から生徒は通学が制限されて自宅学習となった。

　教会のミサも密集・密接・密閉のいわゆる三密を防ぐため、かなりの制約を受けることになった。入り口での検温、健康チェック票の提出、入り口で献金を終えてからお御堂に入ることに切り替わった。ミサでの聖歌を歌わず、パイプオルガンに合わせてボランティアの人が歌うのを聴いて心の中で歌う方式に変わった。コロナウイルスの飛沫感染を予防するためである。

　多くの教会では信徒が日曜ミサに通うことを制限していたが、この教会は通うことまでは制限されなかったことが純平には嬉しかった。

　教会で知り合った婦人と距離を保ちながら話した。

「こちらへはお仕事の関係で来られたのですか」

「ええ、仕事の関係で引っ越しました」

純平は気高い雰囲気を醸し出している婦人の目を見て答えた。

「私も仕事の関係で、こちらでしばらく過ごすことになりそうです」

ミサ後、駅まで五分ほど一緒に歩いて帰る以外は、特にこれといった会話の機会はなかった。ただ、駅までの会話の中に、彼女の優しさを感じたことが度々あった。

「横浜を離れてお寂しいでしょうから、写真立てをプレゼントしましょう」

そう言って、緑色に縁どられた写真立てをくれた。

純平は写真立てに北海道旅行で妻の萌々子と一緒に撮った写真を飾った。

また、ある時には、

「お仕事でお疲れの時もあるでしょうから、甘いものを召し上がって疲れを癒してください」

と、夙川で有名な洋菓子店のクッキーの詰め合わせを手渡された。

「お心遣いに感謝します」

純平はごく簡単に礼を述べた。

純平はミサから帰宅したマンションの一室で、一人で昼食をつくって孤食する。その後には決まってコーヒーを飲み、チョコレートをつまむのである。この時婦人からいただいたクッキーが初めて仲間入りした。

（おいしい。なんと口当たりの優しいクッキーなのだろう）

婦人の優しさが口の中でとけて心を癒してくれるようであった。

翌日月曜日からもいつも通り校務で慌ただしく過ぎ去っていく毎日である。


いつものように姫路城を見つめながら「おはようさん。今日も一日良い日でありますよう」と心で挨拶する。「気張りや」と返事が心にこだまする。

いったん学校に入ると仕事モードに切り替わり、学校経営にまい進する。時に激しいやり取りもある教職員との打ち合わせや組合交渉など、心労を重ねる難題が次から次へと舞い込んでくる。

学校経営に課題山積の学校の理事長職を自身の意志で受けたので、自業自得といえばそうである。何事も教職員に任せて、良きに計らえといったことであれば、波風が立たずに教職員の間から抵抗や反対運動は起こらないのである。

学校がこのままでは消滅する危機感を人一倍感じている理事長であるからこそ、純平は厳しい要求を教職員に突き付けている。持続可能な学校に早くなるよう力業も使う。

湖面に石を投げれば波紋が広がる。勢いのある力で湖面を叩けば、なおさら大きな波紋が起こるのである。純平は力いっぱい湖面を叩いている。波紋をあえて起こしているのだから、反動があっても仕方ない。

生徒は教員に感情を正直に返してくる。教員は冒険的な教育活動にはいたって慎重である。教育活動は失敗が許されないと考えている。純平は教員の考えにも理解を示しつつ、競争激化の兵庫県下で、白鷺女学院の持続的に教育活動ができる方策を模索した。

組合の幹部は放課後に理事長への対抗策を検討している、との情報が事務局長から届いた。

組合活動は校内に留まらず、外部の近畿地区の上部団体とも連動して、学校改革を阻止する方向に動いていた。主な理由は、学内の教育改革プロジェクトで男女共学化の方針が固まることを恐れての動きと、コロナウイルスのパンデミックの時期と重なり、教職員と意思疎通が十分に図れないまま共学化の決定がされることを危惧したからである。

(百三十五年の歴史と伝統を変える時期としては、コロナ禍は間が悪かったかもしれない)

純平はふと思った。

純平が学校改革を担って一年が過ぎようとした。

生徒数の減少で経営が立ち行かないのでは、学校そのものがなくなってしまう。そうであるなら、共学化もやむなし、との雰囲気となり、理事会の中で真剣に検討されるようになった。

理事長の純平は民間企業の経験から、財務指標や今後の就学人口の推移などに基づいて、学校の現状と今後について繰り返し説明してきた。理事会には同窓会長も理事の一人として参加しているので、共学化には俄に賛同の意は表さなかった。他の理事は、社会状況と照らし合わせながら、学校の存亡を理事長の決断に任せる態度をとっていた。

職員会議でも理事会の動向についての説明が必要であった。多くの卒業生が白鷺女学院の教員となっていることもあり、共学化には反対の立場が大勢を占めているように思われた。他校での勤務経験のある教員や若手教員は共学化に賛成する者もいた。しかし、職員会議では共学化賛成の教職員は自分の意見を言うことを躊躇った。もっぱら、卒業生の教員や組合幹部から共学化反対の表明が繰り返されていた。

＊

校務を終え、疲れた心と身体を引きずりながら電車に乗る。空きのある車内の座席にどっかりと腰を下ろす。靴を脱いで向かいの座席に脚を投げ出すこともしばしばあった。見慣れない西日本の夜景を見ていると、「播州に来てまでこんなに苦労するなんて」と独り言ちた。

時々腹部に違和感を覚えることがあった。でも今の純平は痛みなど気にかけてはいられなかった。何としても早期に学校再建の目途を立てなくてはならないと逸っていた。

二〇二〇年四月に入学してくる生徒の募集が、二〇一九年九月の二学期の始業の頃から本格化しだした。前年を少し上回る程度の学校説明会などの参加人数であった。大学と短大はすでに他の学校法人に設置者替えの申請を文部科学省に申請しており、二〇二一年度からは中学校と高等学校のみの学校法人として生まれ変わる。

(このままでは、中学校・高等学校もいずれ消滅する)

純平は危機感を抱いていた。

徐々に純平の心に焦りが現れ、眉間にしわを寄せる日々が続いた。

理事長の未来ビジョンを明確に示しているので、この大きな道筋に向かって具体策を教職員が練り上げてくれることを期待した。

教育改革プロジェクトでは中間報告を踏まえ、さらに具体策が検討された。その中で、就学人口が減少することを踏まえて共学化も選択肢の一つとして浮上した。学校改革プロジェクトには改革に対して前向きな教職員もいれば、理事長の考え方に断固反対して組合と団結する教職員との同床異夢の寄り合い所帯であった。

純平は、「ここは理事長のリーダーシップの発揮どころ」と改革を真っ向から見据えた。長く自分たちの教育方針と教育内容に異論を差し挟まずに、やりたいようにやってきた教職員からすれば、自己擁護の作用が強く働くのは自然である。過去の反省に立つことに消極的な教職員を覚醒させるには、相当な胆力と労力が必要なことは純平自身が理解していた。

職員室では、共学化に賛成するプロジェクトメンバーが組合から詰め寄られる場面が頻繁にあった。

「なぜ共学化に賛成する」

「いや、理事長がそう言っているから」

「百三十五年間、お城の傍で女子教育をやってきたではないか」

詰め寄られれば寄られるほどに、「深坂理事長や理事会の考え方に従っただけ」と言い訳をせざる得ない雰囲気があった。

こうなると、教育改革プロジェクトは名ばかりで、他所から来た純平に批難の矢が向けられた。外部の組合も絡めての組んず解れつの闘争の始まりであった。

＊

そんな状況の中で、二〇二〇年一月の始業式の後、卒業生である教員たちが同窓生に共学化反対の署名を募る電子メールを一斉発信した。卒業生からの問い合わせにびっくりした事務局長が理事長室に駆け込んできた。

「苫米地《とまべち》先生がＳＮＳで共学化反対と理事長解任の署名を募りました」

事務局長は青ざめた表情で理事長を見た。

「学院の極秘情報を公にするとは」

純平は愕然とした。

「関係する教職員に事情を確認し、場合によっては処分を考えねばならないですよ」

さらに、「同窓会長にすぐ連絡し、学校は一切関知してないことを説明してほしい」と告げた。併せてマスコミなどからの問い合わせに対する回答も準備するよう指示した。

この日はマスコミからの問い合わせはなかった。同窓生や外部組合からは共学化するのかどうかの確認を、理事長に強く求めてきた。

昼休みに、緊急の職員会議を開いた。在校生・保護者・同窓生・学校関係者やマスコミからの問い合わせへの回答を説明した。教職員の表情からは驚きと困惑が見て取れた。午後の授業もあるので、質問を途中で切り上げ、とにかく事務局側の説明を書面にして教職員に配布することで、その場の混乱と動揺を抑えた。

法人事務所への問い合わせは複数件あった。問題は外部の組合から学校組織の変更に伴う詳細な説明を求められたことである。しかし共学化に関しては、理事会での最終結論は持ち越しとなっていた。教職員への説明も当然のことながら共学化を前提とした説明には至っていなかった。

校内の喧騒を憂慮してＰＴＡ会長の粂寺が理事長室に駆け込んできた。

「学校改革はわかりますが、生徒が動揺するような状態はないようにしてほしい。ましてや理事長は姫路の人ではなく、学院の歴史や姫路での名声を知らずに、改革、改革としきりに学校を変えようとしている」

「生徒や保護者にご心配やらご迷惑をお掛けしていることはお詫びいたします」

粂寺はこの学院の卒業生でもあり、多額の寄付金を提供していて母校愛に溢れていた。

「深坂理事長の学校改革には一定の理解を示しますが、ネットで情報が拡散している。子どもたちもかなり動揺している。早期の収束をお願いします」

真剣な眼差しで要求を突き付けてきた。

ＳＮＳに共学化反対のメールが流れてから数日して、正門前の道路に「共学化反対」と書かれた横断幕と共に、外部組合による「共学化反対。理事長は説明責任を果たせ」のシュプレヒコールが行われた。生徒の背中に突き刺さるように大きな声が繰り返された。姫路駅を降りて白鷺女学院に向かう周辺も不穏な動きが立ち込めていた。公道を占拠した組合員は警察により排除された。この騒動をかぎつけたマスコミから取材の申し入れが舞い込んだ。

緊急の理事会を招集し、事情を説明するとともに、共学化に関する結論を出す動議が出された。同窓会長の理事のみが態度を保留していた。多くの理事は共学化やむなしの考え方でまとまっていた。

そして共学化の結論を理事会として決定した。院長は理事会の開催中ずっと苦虫を噛み潰したような表情を浮かべていた。

中学と高等学校の入試を直前に控え、悪い影響が出ないよう対応することと、マスコミや外部組合との穏便な対応が理事長に一任された。

純平は体の変調を顧みず、それぞれの対応に神経をとがらせた。

理事会の決定事項を教職員に説明し、今後も共学化に向けた協議を継続することを言明した。

二〇二〇年三月からは新型コロナウイルスの感染防止のために、緊急事態宣言が政府より発せられ、学校は休校となった。それに続く分散登校も余儀なくされた。

在校生とその保護者や同窓会への説明、さらには外部への共学化の説明の機会が延々と引き延ばされる状態が続いた。コロナウイルスによるパンデミックは、人とのコミュニケーションを一切遮断してしまった。

純平には予想もしなかった事態である。まずいことになったな、と思いつつ、理事会で共学化が決議された以上、ここは共学化に向けた学校改革を粛々と進めなくてはならないと考えた。

しかし教職員はコロナウイルス蔓延の中で、心まで閉鎖的になっていった。新たな学校改革よりも、コロナウイルスに罹患することを恐れ、家族の健康維持が優先された。ましてや敵である理事長の健康問題などどこ吹く風である。

純平は教職員と腹を割って話す機会が必要だとわかっていたが、コロナ禍で飲食が自粛されていることもあってできない。打ち合わせや会議もソーシャル・ディスタンスを取るためにわざわざ広い会場になる。しかし共学化といった学校の根幹にかかわるためマイクを使って会議を行っては、万一、生徒の耳に入ってしまっては大騒ぎになる。コロナ禍は教職員と十分なコミュニケーションを取ることを阻んだ。

組合対策、共学化反対への対応の他に、個人攻撃のトリレンマが純平を悩ませた。加えて健康問題が生じていた。この時、消化器系の疾病で純平が入院して静養する暇《いとま》は与えられなかった。外部の組合とも連携した白鷺女学院の教職員団体は、「理事長はなぜ出勤しないのか」と西郷隆盛に迫った政府軍の東京《あずま》獅子のごとく播磨獅子と化して深坂純平を追い詰めてきた。社会は聖人の集まりではない。学院経営への異論を、純平の属人的な事情に藉口した。純平には、彼らが四角い顔をした獅子に見えた。

教職員は赤い百合をモチーフにした花飾りを身に付けていた。

姫路駅から学院までの道路には横断幕や幟が至る所に掲げられた。

「深坂理事長は即刻退任しろ」

「病気を理由に職務放棄をするつもりか」

東京駅で暴漢に刺された浜口雄幸の国会出席を急き立てた状況に酷似していた。

今や白鷺女学院の教職員は赤いクリスチャンと化して跋扈していた。

純平は古来、西洋では聖草と言われた蓬でも食べなくてはいけないと思った。

こうなると純平はハムレットである。

純平はトイフェルスドレックの「悪魔の糞たれ」と言いたくなった。

教職員の旧守勢力の残滓と引き換えに純平がいなくなるのが啓示なのかと思った。

理事長室から中庭の白バラを眺めた。

学院の経営方針がこれほどまでに激しい対立を生んだことに眉を寄せて思案した。

（真っ白な花が生きている。これこそが自分のレゾン・デートルなのだ）

和而不同は純平の信条であった。

ふと、倖子の父、松居四十六を思い出した。公的な責任を担う教育者のあり方が強く印象に残った、ある日のことである。

＊

四十六はまじめを絵に描いたような生活ぶりだった。自身の思いを清書きするような生き方はもちろんのこと、聖職者の生き字引のような人柄は、生真面目さを絵に描いたようで聖人君子として世間から認められていた。

それでも仕事の疲れを癒すように、

「おおい、倖子。一本つけてくれないか」

「はい。今おつけします。いい塩梅になりましたらお持ちします」

いつもながらの夕餉前の父と愛娘の会話が飛び交う。

「はい、お持ちしました」

「ありがとう。これ以上戦禍に巻きこまれると、こういうわけにもいかんのだろうな」

そう言って燗上がりの酒を膳から持ち上げた。

膳には徳利が一本置かれ、つまみはわずかばかりの塩と干し芋であった。束の間の自分への褒美のように嬉しい表情をする。そして、実にうまそうにお猪口を口元に運ぶ。じっくりと酒を味わいながら運ぶ。そんなわずかな酒に浸る贅沢も、戦争がいっそう激しくなれば遠慮せざるを得ない状況になると四十六はわかっていた。

蕎麦売りがチリンチャリンといつものように風鈴を鳴らし家の前を流して通り過ぎた。

「子どもたちには食事をやってくれ」

「お父様はご一緒でなくてよろしいのですか」

「儂は後でいい。もう少し庭を見ながら酔いたいからな。倖子も向こうで皆と一緒に食べなさい」

「お父様は本当によろしいのでしょうか」

「儂は、もう少しこのままで酔いたいのだ」

四十六は繰り返し「酔いたい」と繰り返す。

「それでは、私はあちらで皆の世話をしてまいります。お父様も体に障らぬよう早めに切り上げて、皆と膳を囲んでくださいまし」

せっかく酔いかけている父に小言めいたことを発した。実は父の体のことを心配しての小言であった。

家族が食べる主食のすいとんは、育ち盛りの子どもの腹をもっぱら満たし、四十六の胃袋は子どもたちの成長と引き換えに病んでいった。

＊

共学化の議論が本格的になると、組合との交渉は外部の組合も介入して一段と激しさを増してきた。正門には共学化反対のビラが連日のように撒かれ、理事長以下学院経営陣の人事の一新を訴える署名まで募っていた。

理事会では、ビラ撒きなどの街宣活動は学校のイメージを著しく汚すもので、一連の活動を鎮静化できない経営陣に批判の矛先が向けられた。純平は一段と厳しい立場に追いやられた。

純平はコロナ禍の中でも生徒優先の立場を堅持し、生徒が学校に通えない状況にいち早く対応した。オンラインでの生徒との双方向の授業を早急に実施した。翌年の二〇二一年四月からはタブレット学習の本格導入の実施案を提示した。コロナウイルスの収束が長期化した場合にも十分対応できる策を次から次へと打ち出していった。

これにはさすがに組合も及び腰であった。生徒の学習権の保証のためにしぶしぶ追随せざるを得なかった。

兵庫県下の私立学校の中で、先行的にオンライン授業の充実と家庭の変化に伴う授業料などの免除策が功を奏した。パンデミック下の二〇二一年のオンライン入試説明会には従来の受験生をはるかに超える参加者があった。これにより二〇二一年四月に入学する生徒の大幅増加が予想された。この状況には多くの教職員が驚きをもって受け止めた。

一方で、学校経営者に一度抱いた不信感は根強く学院内に蔓延していた。共学化への反対運動は止むことがなかった。共学化に賛成する教職員も相当数いたが、物言う組合の前には沈黙を守らざるを得なかった。

学院経営を巡ってあらゆる考え方が参差する中で、教職員説明会での純平の強権的発言を問題視し、さらに、共学化の議論とは別に、非常勤講師の継続雇用を無期限化する要求や、SNSを通じて共学化反対の署名を募った二名の教職員の停職処分に、外部の労働組合が一斉に攻撃に転じてきた。

理事会がいったん決定した共学化の方針に対し、組合側は日を追うごとに、学院の民主化と教職員の労働条件の見直しに的を絞ってきた。共学化反対の急先鋒であった書記長の苫米地万里は好戦的な私立西日本教職員組合に入り浸っていた。

いつしか組合の戦略は純平への個人攻撃にすり替わっていった。学院経営の本筋が個人攻撃に矮小化されていった。理事会メンバーも押し黙る者が多かった。

地の利も、人脈もない姫路の地で、批判の矢面は理事長の純平になった。前年からスタートした社会人講座もコロナ禍で実施できず、生徒や保護者との接触にも制約を受けた。本来の生徒目線の学校経営についての理解が希薄になっていた。

共学化推進の理事会側と組合を中心とする共学化反対の対立は学内を二分し、その対立は日に日に激化していった。在校生や保護者にも少なからぬ影響が出ることが憂慮されるほどとなった。学内がぎくしゃくしてくることに生徒は敏感に反応し、保護者や同窓会から学校の将来を憂慮する気配が日を追うごとに強くなってきていた。新たな改革を行うことで学校の存続を願うことを理解するグループと、従来のままの形で生徒数が増えることを願うグループと、学内が真っ二つに分かれてしまっていた。

それでも純平は小野道風の柳蛙の心境からか、「話せばわかってくれる」と考えていた。

学院の精神的な支柱である院長のラファエロ・マテリッチのところには、組合員が頻繁に相談に行っていた。院長はクロアチアのオミシュ出身で、日本語を流暢に話した。そして理事でもある院長は、理事会では共学化もやむなしの見解を示していた。

「深坂理事長、何とか穏便に事を進めてほしい」

「私もできる限り穏便に進めたいと思っている。学院に神のご加護があることを一緒に祈っていただければと思う」

「………」

院長は目を閉じて沈黙を保った。

理事会の決定を進めることに前のめりになり過ぎている高飛車な態度と言われようが、純平には自信があった。

「多くの教職員が私のもとに来る。コロナ禍とはいえ、理事長と教職員の意見交換も必要ではないか」

懐に入った窮鳥を慮っての話題を切り出した。

「今までに全教職員説明会を三回は実施している。わかってくれたか否かは疑問であるが、理事会の見解はきちんと説明している」

純平は耳に痛い話も度々したと強弁した。決して手すさびに学校運営をしてきたつもりは毛頭なかった。

「そうですか……。私は学院の混乱を招いた責任を取って院長を退いて、理事も辞めてもよいと思っている」

院長はずけりと言った。

「それは私に対する当てつけでしょうか」

「……」

「私はぶどうの木の枝になりたい」

「神につながっていない人がいれば、枝のように外に投げ捨てられる。そして、火に投げ入れられて焼かれてしまう」

と、院長は「ヨハネの福音書」の15章の6節を純平に説いた。そしてさらに、

「これ以上の職務の続行は、多くの功績を残された理事長の経歴に泥を塗ることにもなりかねない」

院長の一言は、赤い薔薇の棘がジワリジワリと純平の心身を刺すような響きがあった。純平は他校での民間人校長としての実績に対する増上慢を窘められた思いがした。

突然信じられないことを言われて、事の成り行きの細部まで理解できていなかった。純平は言おうか言うまいか迷った。

「……学院存続のためには何でもしましょう。つまり、院長は共学化には賛成ではなかったと？　私は白鷺女学院の歴史の法廷に立つ覚悟ができている」

真顔で院長に訴えた。

「………」

院長は長四角の敷地になっている学院の安寧をとにかく願っていた。

「私も多くの教職員の憂い、思い、不安を解消するために力を尽くしている」

ダルマチアの瞳のような碧色の瞳で見つめられると、その深い碧さの前では誰しもが偽

りを述べることなど躊躇させられる。そんな威圧感があった。

「行司役をお願いして申し訳ない」

「………」

「神からの寛容、慈悲、愛が与えられますように」

純平はかつて院長が語った「God's will」の言葉を紡いだ。

「………」

「神の慈悲はないものでしょうか。私は神から『一房の葡萄』を受けたいと願う」

文学好きな純平は「大理石のような白い美しい手」を求めた。瞳を凝らして院長を窺った。

「わかりません」

純平は肝心なことに答えない院長の態度が腑に落ちなかった。

「………」

今度は純平が無言で眼差しを返した。

純平は院長が何も言わないことを不思議に思った。

結局、そのまま純平は院長を理事長室の扉まで見送った。

理事長の純平が着任する前は時が漫然と過ぎていき、教育と経営の両立について理事会はじめ職員会議ですら話し合われることがなかった。誰しもが疑問を抱かなかった。一切の痛みの議論を避けて、楽観視してきた。そこに平安の拠り所を見出し長い歴史を刻んできたキリスト教主義の学校ではむしろ当然のことであったかもしれない。

純平は理事長として、真摯な改革の見取り図を示した。しかし学院のパンドラの箱を遂に開けてしまった。良いとも悪いとも言わずに、その場しのぎのお愛想を言って取り繕うことを善とは思わなかったからである。共学化に向けて舵を切るしかないと思った。

純平は「最後は神が仕上げる」と信じた。

神父ラファエロ・マテリッチ院長は別れ際に、

「どうかお体にはご留意ください」

と、柔和な眼差しで微笑みかけてくれた。純平は聖職者は心と身体の健康を第一に考えてくれていると、この時はほっとした。

15

二〇二〇年の年末に、コロナ禍で不要不急の外出を避けることが常態化した中で、純平は久しぶりに横浜に戻った。妻の萌々子に仕事のことで悩みを打ち明けるのは初めてであった。

妻の萌々子は驚きを隠せぬ様子であった。が、しきりと体調を心配した。夫は体重が一〇キロほど減り、傍目にも顔つきや体つきがかなり変わったからである。

家庭料理に舌鼓をうった夜中に、下腹部に激痛が走り、脂汗をかいた。堪え切れぬ痛みと数時間戦った。しかし、激痛は収まることを知らず、激しい歯軋りの音とうめき声が部屋中に響く。

純平は遂に意識を失った。気がつけば救急車の中で応急手当を受けていた。

病院での精密検査の結果、大腸に腫瘍が発見され、絶対安静が必要と医師から宣告された。

年末年始の休みの間に静養して、すぐにでも仕事に復帰できるものとばかり考えていた。

しかし医師からは妻に、純平が仕事に復帰することには消極的な見通しがすでに伝えられていた。

夜、横浜港の汽笛を聞きながら、

「改革は宙に浮き天には届かぬものか」

病室の白い天井を見つめる純平の目から大粒の涙が頬を伝った。白いシーツが涙でびっしょり濡れるのが感じられた。純平の涙は激流となり横浜の港に流れ込むようであった。


純平は決断の時を迎え、今後のことを考えた。

一月と二月の入学試験を控え、理事長職を全うできない不甲斐なさを感じた。四月に本来の手術をすることを条件に、取り敢えず残された職務だけは続けられることになった。

二〇二一年三月の長時間を要する卒業式はビデオメッセージを流す。

幸い中学校と高等学校の受験者数から、十年来減少し続けていた新入生が大幅に増える。このことで理事長としての責任を全うできたと信じた。

そんな風に考えることで、純平の気持ちは不思議と安堵感で満たされた。新春の陽に輝いてカモメが舞う横浜港は清々しかった。


純平は、横浜の病院をいったん退院して神戸に戻った。病院を出る時は一人で歩くことができた。特に支障となることは何も感じられなかった。

二〇二一年の一月三十一日の理事会の前日に院長から速達の封書が届いた。文面はさほど長くはなく、結論のみ記されていた。

「私も多くの教職員の憂い、思い、不安を解消するために力を尽くしてきました。この状態を放置できません。私は理事の一人として責任を痛感しています。この際、院長を辞任いたします。この機に当たって深坂理事長も学院のために勇気ある決断をお願いします」

純平は封書の中身を眼光紙背することができなかった。理事会の決定事項を粛々と推し進めることが理事長の仕事であるとの考えに変わりはなかった。

時代の要請に合わせて白鷺女学院には「改革」が必要であった。従来の学院経営に拘るのは船に刻みて剣を求むようなものだと考えていた。決して、他校の学校改革の成功体験への思い上がりでも、漱石枕流で共学化することを学校改革にこじつけていたわけでもなかった。

ただ、ここまでこじれた状態をそのままにすることはもはやできなかった。院長の助言を受け入れて、私でなくても改革案を進めることができるのであれば、とも思った。

この頃より純平は体の異変をいっそう感じるようになっていた。下腹部の痛みに堪えて必死に歯軋りをした。堪え切れない痛みに脂汗をかき、ぎしぎしと歯軋りする音が自分にも聞こえた。夜中にうめき声を上げるようなことが頻発した。

二〇二一年二月一日、純平は理事会の開会を宣言した。

式次第に沿い院長が祈りを捧げる。

「一人ひとりの心に語りかけてくださる神よ、あなたはわたしたちの思いをすべて知っておられます。今日、理事会に集うわたしたちを聖霊によって導いてください。あなたの声に素直に心を開くことができますように。聖霊の交わりの中で、あなたとともに世々に生き、支配しておられる御子、わたしたちの主イエス・キリストによって」

静寂に包まれた理事会はある理事の発言から始まった。

「今日の学院の混乱を招いた責任は理事会にあります。理事全員が辞任してはどうでしょうか」

学生募集の停止がすでに決まっている大学の学長が口火を切った。

「私もその意見に同感です」

同窓会長の茨木満江理事が発言した。

重々しい空気が理事会を制した。

「それなら共学化に賛成した私は真っ先に理事を辞任します」

「私も辞任します」と次から次へと理事の「辞任」表明が続いた。

「共学化の改革は理事会で決定した。理事長は決定事項を粛々と進めようとした。教職員の反対があるからといって理事を辞任することで混乱は収まらない」

一人の理事から意見があった。

「学内の混乱を招いた責任を取って、私は院長を辞任します」

院長の発言に理事の皆が沈黙した。

純平の発言を理事の皆が固唾をのんで待っていた。

(うう、ぅ。やはりだめだったか……)

純平からは理事たちが期待するような言葉はなかった。

理事会は、発言、沈黙、発言、再び沈黙の繰り返しとなった。至る所からため息が漏れた。ある理事は腕組みしながら宙を見ていた。重苦しい空気がその場を支配した。

純平は下腹部の痛みに耐えかねて脂汗を滲ませた。見かねた理事からしばしの休憩が提案された。

純平は理事長室に独り籠った。歯軋りをし続けた。人目を憚らず、ぎしぎしと上顎と下顎を左右に動かした。さらに大きな歯軋りの音がした。

「この期に及んで何をどう決断したらよいのか。とにかく乗り切るのだ」

と自らを励ますように独り言の強弁をした。

純平は、下腹部の突き刺すような痛みを必死の形相で耐えながら、背中をくの字にして会議室に向かった。

理事会が再開された。

「各理事の皆さんから発言をいただきました。次年度の学院経営をどのように進めるか腹案があります」

純平はここまで話すのがやっとであった。一呼吸置いてから、

「明後日の理事会で再協議することでいかがでしょう」

と、提案を持ちかけた。

膠着状態の理事会を収めるには、今日のところはこれ以外に選択肢は見当たらなかった。

その日の午後に小寺鳳子《ひろこ》という婦人の訪問を突然受けた。

事務部の総務室から、「ご気分の優れない時に申し訳ないのですが」と前置きされた。

「地元の篤志家で、少し前まで白鷺女学院の理事を務めた小寺淳一郎さんの奥様で、本校の卒業生でもあられます、その方が深坂理事長に是非ともお会いしたいと……」

純平は咄嗟に理事長室の鏡を恐る恐る覗き込んだ。

「わかりました。五分後に理事長室へ」

血の気のない顔色からとにかく生気を漲らせるわずかな時間をとった。

理事長室に小寺鳳子の来訪を受けた。

年齢を重ねても品格のある風貌と相手に物おじしない物腰は、さすがに全盛期の白鷺女学院出身者であると思わせた。

「本来は私の方からご挨拶にお伺いするところ、お越しいただき申し訳ありません」

「そのように理事長からお話しされると、私、恐縮してしまいます。私はこの学院の卒業生の一人ですので」

「日頃よりご主人様ともども学院にご尽力を賜り篤くお礼申し上げます」

「理事長はこのところお忙しくされていますので、まあ、ご挨拶はこのへんで切り上げましょう」

「折り入ってのお話でもございますのでしょうか」

「何やら、学院の雲行きが尋常ではないことは風聞しています」

「ご心配とご不安をおかけしています。不徳の致すところです」

「ところで、深坂理事長、お体の方は如何なのでしょうか」

「学院経営の仕事のために、日々健康には十分気を配っています。慣れないこの土地に早く慣れたいと思っています」

「理事長には姫路の水に早く馴染んでいただけないと困りますねぇ」

言葉はやんわりとしているが、訪問の本題が何なのかは推測がついていた。

「今後も寄付は続けさせていただきます」

「それはありがとうございます。小寺淳一郎様にもご心配をおかけしないよう学院経営をしっかりとしてまいります」

「無事に中国大返しをされ、お体に太刀を入れた暁には、深坂理事長がご快癒いただけますよう祈ります。実は今日は病気見舞いをお持ちいたしました」

純平はぎょっとした。大返しの言外にある意味を咄嗟に理解した。そしてとまどいの表情を浮かべた。

小寺鳳子の左指に光る大きな瑠璃色の瑪瑙の指輪が、純平に睨みを利かせているように思えた。

純平は龍右衛門の小面「雪」の「テラス」とも「クモラス」ともつかぬ、薄笑いするようにも泣いているようにも見える表情を表わした。


体の異変を聞きつけた東京にいる妹の瑤子から連絡を受けた。

「お兄さん、体を治して。お祖父《じい》さんと同じ病気と聞いているわ」

「体のこともあるが、仕事があってすぐにそちらに戻れない」

「何言っているの。体さえ治れば、いつだって仕事はできる。健康が第一よ」

「………」

雪よりも清き心の色みせて
散るやさくらの光なるらむ

長い歴史を誇る学院の大きな改革の徴を残し、どんな場面でも弧を描く闘う自由主義人として、純平は姫路の学校を去る決断をした。

赴任した朝には多くの教職員が駅に集まってくれた。あの時の期待と高揚感を思い出しながら、独りきりのマンションの一室で、東神戸港を眺めていた。涙が純平の瞼に溢れ、滂沱として頬を流れ落ちた。体中から噴き出す哀しみの涙は大海となって港に流れつく。

体調の異変が原因で運命を統べることができなかった。

　純平はやっと決心がついて、うとうとと眠りについた。

＊

　神戸を去る前に会っておきたい人がいた。

「岡本南公園の笹部桜が散る前に横浜に戻ります。わずかな時間でも都合をつけてもらえると嬉しいのだが」

「ご都合に合わせます。場所は私の方に任せてもらっていいですね」

「最後まで世話をかけるね。お任せするよ」

「大阪城北詰の『阿亀《おかめ》』でお会いできますでしょうか」


　二〇二一年三月二十九日、純平はやり残した仕事を片付け定時に学校を出た。京都行きの新快速電車に飛び乗り、大阪環状線に乗り換え、京橋で東西線に乗り換え大阪城北詰で下車した。

　太閤園の一角に『阿亀』があった。ビル街にはめずらしく鬱蒼とした樹木に囲まれた広大な敷地が広がる。切妻式の建物と庭園が都会の喧騒をかき消すように静かな佇まいを残している。切妻の本殿の長い廊下を渡りながら、庭先をたっぷりと堪能できた。

純平には大阪にこんな場所があるなんて思いもよらなかった。

部屋に案内されると勝子はまだ来ていなかった。

庭先からは枝垂れ桜がよく見えた。

「失礼します」

仲居が料理を運んできた。

「彩も鮮やかな桃色ですね」

「花雅楼の若女将からの依頼です」

「そうですか。近所の笹部桜も今が見頃です」

「お客さんは神戸に住んでおられる?」

「転勤族でしてね。もう横浜に戻るのです」

「それはそれは。大見の大旦那はんも岡本の出やったと聞いてます。最後の大阪の夕餉を楽しんでおくんなはれ」

そんな有り触れた会話をしている時に、

「お待たせして申し訳ありません」

着物姿の勝子が部屋に入って来た。

「突然の連絡にもかかわらず、都合してもらって申し訳なかったね」

「引っ越しでお忙しい中でも私のことを覚えていてくれて嬉しいです」

よく見ると、桃色の地に白の桜の刺繍がほどこされていた。帯は早蕨柄と春の訪れを感じさせた。

「ここから見える月と桜は大阪一ですよ」

「確かに広い庭には風情があるね」

「太閤さんはお茶会と花見がお好きでしたから」

「私も大阪城の桜は毎年見に行っていたな」

時折、テーブルの上の料理に箸をつけ、盃に酒を注いだ。

「勝子さんのお父様はどんな方だったの」

「なんです、突然に、父のことなど」

「庭先の桜を見て、笹部桜を話題にしたところで、仲居が勝子さんのお父様が神戸出身と言っていたからね」

「そうなのです。岡本の素麺屋の一人息子でした。母と知り合ってから、店は番頭に任せて大阪で遊蕩三昧の生活でした。私がソナスに勤めている時に亡くなりました」

「私が教育事業財団から今の仕事に変わる頃だったかな」

「母はずっと女手一つで花雅楼を守ってきました。ソナスでの仕事も一段落したので親孝行のつもりで大阪に戻りました」

「お父様は花街《かがい》では人気があったのだろうね」

「北濱の団十郎と呼ばれていたそうです」

「金もあって、容姿も端麗でいれば、さぞやもてたのだろうね」

「亡くなってからわかったことですが、花街に入り浸る富貴や知人を花雅楼の上得意にするためだったんです」

「ちゃんと商売のことも考えていた」

「四角四面の商売人でなく、さりげなく商売に結びつける。そんなところが本部長に似ています」

「それは勝子さんの買い被りだな。私はお父様のような腹芸はできなかったよ」

「そうかしら。私には本部長はいつも二つの軸でビジネスをしていたように思いますわ。障子を開けてもいいかしら」

「私が開けよう。ほう、今日の月は見事だ」

純平が席に着くなり、勝子は純平の胸にもたれかかった。

「私、これから寂しくなります。涙に霞む月と桜を見ると思うと」

「……」

「小さい頃、父が花見をしによくこの店に連れてきてくれたわ」

勝子の息づかいを身近に感じて、純平はふうと息を洩らした。

勝子が純平の左手に手を添えた。

「温かい手ですこと」

純平の左手薬指の指輪を頻りと撫でる。

「奥様のもとで体を治して、また関西に来てくださいね」

「きっと来るよ」

純平は勝子の香を聞きながら囁いた。クラウンを下にした斜めに置かれたパナマを見て、

「こうしていると気が休まる」

勝子を胸元にそっと抱き寄せた。

「これで最後でないですよね。私、来年も阿亀でこうしてお花見ができるように待っていますから」

シューベルトの「水の上で歌う」の旋律が純平の心を激しく揺さぶった。

純平は緩んだ衣紋から勝子の白い初心なうなじを見つめた。そして唇をそっと当てた。

銀箔をおいた襖には桜に包み込まれた大阪城が表わされていた。月に照らされた二人の

姿は障子ごしに影絵のように身体が重なったシルエットとなって映っていた。

しばらくして、廊下に膝をついた仲居が、

「花雅楼の女将さん、お車がお着きになりはりました」

勝子はとろんとした瞳をやっとの思いで開いた。ふと我に返り、乱れた和服の裾を元通りに重ね、緩んだ結い上げ髪を右手の肘を軽く左手で添えながら右手の薬指で軽く盛り直した。

「おおきに。今行くさかい。ちょっと待ってもろうて」

勝子は気怠さを残した言葉を返した。

阿亀の玄関を出た車寄せのところで、双眸は宙を向き、髪を振り乱した女が座り込んでいた。阿亀の男衆が女に、「またこんなところにへたり込んで。帰らんと警察に突き出すで」と言っているのが聞こえた。

「そこのお前、こんなところで何してける」

「………」

「そこのお前や」

女は蓮葉な声を立てて薄笑いしている。

「失礼やろ。お客様に向かって。花雅楼の若女将はん、すんまへんな」

「何か書かれた物があるんではありませんか」

女の胸に名札が吊り下がっていた。

「この者は苫米地万里《とまべちまり》と申します。精神的な病のためご迷惑をおかけした際には遠慮なく連絡をお願いします。大阪市生野区……電話06-67……苫米地」

女は上瞼をかげらせて勝子を見続けた。

「番頭さん、タクシーを呼んで頂戴な。これ運転手さんにね」

そう言ってハンドバッグから一万円札をさっと渡した。

「ごりょうはん、そないなことはされないでおくんなはれ。この女の癖になりますよって」

「万里さん、早うお家に帰ろうな」

「ううん、あんた誰や」

女は勝子をポカンと見ていた。

「誰でもいいのよ。万里さん、早うお家に帰ろうな。桜も綺麗なうちが見頃よ」

純平は苫米地の名前に聞き覚えがあった。髪を振り乱して座り込んだ女を一瞥した。

（やはりあの苫米地先生が……）

心の病にかかり、学校は休職していた。

「実家のある大阪に戻っていたのか」

料亭の前の騒がしさの中を、純平と勝子は車に乗り込んだ。

大阪城をぐるりと車は迂回した。月明かりがお堀の桜並木を映し出す。

桜の見えるところで勝子が車を停めるように運転手に言った。

「あら、ウグイスが」

「桜にウグイスか」

「もうすぐ春ですね」

「そうだね」

時折、明かりが勝子と純平を仄かに照らす。

関西で過ごした思い出が早回しの映画のように純平の心を通り過ぎて行った。

二人は車の後部座席に身体を沈めた。月明かりが二人をいつまでも照らした。

車が発車するわずかな揺れで薄瞼を開けた。

純平は寝返りをうった。

16

二〇二一年二月三日となった。

朝から教職員が慌ただしく校内を走り回っていた。

純平は学校に着くなり、同窓会館の鍵を守衛から借りた。そして一時間ほどしてから理事長室に向かった。

理事長室のある法人棟から中学校と高等学校棟は一望できた。

回廊を小走りする者、通用門に陣取って何かを、誰かを待ち構えている者、守衛室に駆け寄る者などが見渡せた。

純平はこれらの人を信じたかった。大きな混乱の中でも鉄杆朋友《てっかんほうゆう》と呼んでみたかった。

しかし純平にはどれもが滑稽に映った。人間の性《さが》にもう飽き飽きした。

そこへ白鷺女学院の関連医療機関の理事長であり、白鷺女学院の理事でもある菟田野和之が訪ねてきた。

「深坂理事長の推し進めてきた学校改革には賛成です。ハロルド・マテリッチ院長の立場もわかります。しかし、この難局を理事長はどのように捌きますか」

「まあ、お茶でも点てましょう」

「はあ、随分余裕がおありですね」

「戦国時代、イエズス会の宣教師ザビエルが日本のある武将を訪ねてきた。武将は点てたお茶を宣教師に勧めたそうです」

「それで」

菟田野はその先を急がせた。

「宣教師は毒でも盛られていやしないかと怪訝な面持ちを隠さなかった。ところがしばらくすると不安は消えた。『その作法は聖餐式の作法に似ている』と、ザビエルが通訳を通して武将に伝えたからです。『良いところに気づいてくれました』と武将が答えるなり、碗を取ってザビエルより先に自分で点てた茶を飲んだそうです」

「それで宣教師も安心して飲んだというわけですか」と菟田野は純平に答えた。

「その通りです。武将はさらに次のことを宣教師に伝えた。

『茶だまりの濃い緑色の抹茶は希望の色と同じです』

ザビエルは通訳からの説明を聞くなり、武将の双眸を真っ向から見すえて、

『キリスト教は日本を侵略するためのものではありません。領民に希望を与えるものです』

ザビエルは十字を切って武将に訴えた。武将はザビエルの顔を飽かず見つめた。そして

ザビエルの言ったことを諒解した」

「その後、キリスト教は領民に受け入れられ、武将の心配も杞憂となったわけですね」

菟田野の得心する表情を見ながら、

「その通りです」

純平は口元を緩めて頷いてみせた。

「今日の理事会が上手くまとまりますように期待しています」


果たして理事会は開催された。いつものように院長が祈りを捧げた。

その後、純平は経営方針を伝えるべく説明書類に目を落とした。

「理事長の経営方針の説明の前に、混乱をどのように収束するのか。その考えを最初に聞きたい。多くの理事が責任を感じて辞任すると言っていることに対しての回答がない」

いつになく院長の攻撃的な言いぶりに理事会の会場はどよめいた。

ハロルド・マテリッチ院長は日本に長く滞在しているため、日本語はいたって堪能であった。言わんとするところは日本人以上にピシャリと言う。

院長の強意見《こわ》には純平も驚きを隠せなかった。行司役に徹しているとばかり思っていたからである。

院長はしきりに首から下げた十字架に手を添えていた。じっと純平の口元を見ているようであった。

「神様に抱擁されず、ただ傍に立ち尽くすことだけでは、罪深い私は神様から赦しを得られない」

院長は身を乗り出してきた。しかし、ある言葉を聞くまでは口元を緩めない覚悟が体全体から滲みでていた。あと一言と言いたげだ。

純平は、

「同窓会館に茶菓を用意いたしました。場所を変えて私の話を聞いてはもらえませんか」

広い会議室を見渡しながら発言した。

会議室が再びどよめいた。疑心暗鬼な表情を隠せないのは院長だけでなく他の理事も同じであった。

その表情を見て取った純平は、

「東下りの準備がありますので」

毅然と言いのけた。目元には微笑みを溜めてはいた。

純平は回想した。院長の手紙を読みながら眉間にしわを寄せて考え込んだ時のことを、

「病気を理由に後進に道を譲る」と。

（共学化反対の教職員にとって、心底胸のすく出来事であるに違いない）

同窓会館には朝早くから純平が準備した御園棚と茶道具が揃っていた。

席に着くよう目配せをした。

理事の各人は促されるままに席に着いた。

「桜こそ思ひ知らすれ咲き匂ふ　花も紅葉も常ならぬ世を」

と和歌を詠じ、

「茶杓の銘は『引鶴《ひきつる》』で、主茶碗は『姫山の夢』でございます」

理事たちは、純平の趣向に戸惑いながらも季節の主菓子の枝垂れ桜と抹茶の味と香を愉しむうちに笑顔になった。次第に座が寛いだ。

香合の忘れ貝から仄かな薫りが漂った。コロナ禍でもあり、一人ひとりに茶を点《た》てた。

純平は、茶碗の寒山拾得《じっとく》が戻されると、茶碗の底に残る茶の名残をじっと見つめた。碗の中には善なるものと悪なるものがともにある。

おもむろにチャーチルの言葉を想い起こしていた。

『人生は一つの全体があって、善も悪も共に受け入れられなくてはならない』

立場が異なれば善と悪が入れ替わることもある。

楕円の碗をじっと見つめる瞳に泪がじわりじわりと滲んできた。いざさらば、と思えると、堰を切ったように言葉を継いだ。

「春の名残の茶となれば幸せです。これより私は東下りに向かいます。東国より白鷺女学院の隆盛を祈念申し上げます。散る桜　残る桜も　散る桜」

座は一瞬、時が止まったように静寂に包まれた。


純平の退任表明から日を経ず、行司役に徹していたとばかり思っていたハロルド・マテリッチ院長が、まわしを付けて土俵中央にせり出してきたことには驚いた。

穏便で円満な解決方法に導いた院長の人徳と手腕を讃えつつ、

（信用は安心感から。これが人間社会の縮図なのだな）

人間の業の深さを骨身に沁みて思った。

＊

二〇二一年三月二十九日、再び病院から外出の許可を得た。

最後の理事会のために、病身の純平は妻の萌々子の介添えを得ながら新幹線に乗り、姫路に向かった。

車内では萌々子と隣り合わせの席に着いた。車窓からは富士山が見え、京都のお寺が見え、大阪を過ぎれば播州姫路もそう遠くはなかった。

車窓の風景をぼんやりと見つめながら、妻の萌々子は夫の体調だけを気にかけていた。特に、感慨らしいものはなかった。

新幹線姫路駅を降りると正面に姫路城が聳え立っていた。城下の池の近くに城と同じ色をした洋館風の白い建物が見えた。学校の尖塔は町の第二のシンボルに思えた。

純平は駅前から乗ったタクシーが走り始めると、

「萌々子、あれが姫路城で、その隣に三角錐の尖塔が見えるだろ。あれがこれから行く白鷺女学院だ」

見慣れた学校を妻に明るく説明した。

「立派な佇まいね。白の姫路城と白い学校とがこの町にピッタリ合っているわ」

初めて見る夫の勤め先の学校に目をやった。

いたずらに時間を過ごした日々は遠い昔のようであった。

ビラや横断幕はきれいに消えていた。

白鷺女学院の守衛が気を利かして理事会が開かれる建物の前までタクシーを誘導した。

車椅子が用意されていたが、それには乗らずに萌々子の左肩に手をまわして、階段を上りきった。

理事長室に入り、理事会の時間が迫っていたので萌々子を一人残して会議室に向かった。足取りは重かった。廊下を歩くトン、トン、ドスンという足音だけが純平の呼吸と同化した。

すでに二月三日の理事会で退任の意向を伝えていたので、事務局長からその説明が簡単にあり、理事長の挨拶はごく短いものであった。

どうにか退任挨拶を述べることができたが腹に力が入らなかった。眼の輝きも失せていた。


あっさり理事会が終わった。

事務室から理事長室に内線電話が入った。

「写真館の社長が来られています」

「あまり時間がないけれどもお通しして」と引継ぎ書類をまとめながら答えた。萌々子には他の応接室に移ってもらった。

すぐに田邉社長が来室した。

「深坂先生の突然の辞任に驚きましたわ」

「やぁ、ご迷惑をお掛けしました」

「先生、お体を治されて、また、姫路に遊びに行らしてくださいい」

ハンカチで目頭をぬぐいながら、至極別れを惜しむように、

「これからという矢先に、ほんまに残念ですわ。私も学院の卒業生やし、新しい理事長先生に期待をかけさせてもろうてました。今年は何十年かぶりに生徒が増えると聞き、ほんまにこれからという矢先にこんなことになりまして。ほんまに口惜しいことですわ」

「田邉社長にはいろいろアドバイスをいただき、慣れない土地での仕事にとても役立ちました。本当にありがとうございました。万に一つでもこれから世に出る機会がありましたら、是非とも写真を撮ってください」

そう別れの挨拶をした。

一年前、地元政治家の娘の成績結果でトラブルになった際、政治家の写真も多く撮っている関係で、仲介の労を取ってもらったことが昨日のことのように想い起こされた。「郷に入っては郷に従え」を身に染みて教えられた、恩人の一人でもあった。

最後に花束を受け取って、正門を出た。守衛が最敬礼した。

再び校舎を仰ぎ見た時、窓に数人の人影が確認できた。純平は特に感慨もなく、その人

影を介添えの萌々子と見つめた。待たせたタクシーに妻の手助けでやっと乗ることができた。

城内一面に咲き誇る桜を前に、多くの作業員が仕事をしていた。そんな姫路城を見ながら、

「風誘う　花よりもなを　我はまた　春の名残を　いかにとやせん」

純平は小さな声で呟いた。

傍で妻の萌々子はハンカチで目頭を押さえながら、姫路城の隣の三角錐の尖塔の白い学舎を見つめた。車窓から夫婦で別れを告げた。

ようやく新幹線に乗車し、深い息を溜めて眠りについた。

17

純平は横浜に戻り、消化器系の疾患の手術をした。

純平は病室で両目を開けた。

「夢だったのか」

春の名残の夢だった。

姫路城と白鷺女学院を萌々子と目に焼き付けて新幹線に乗った。そこまでは覚えている。それからうとうと眠りについた。眠りについてから先のことが思い出せずにいた。

左腕には点滴の管が伸びている。胸からは何か線のようなものが伸びている。頭の後ろには複数のモニターがあった。

(そうか、手術が終わったのか)

早期発見であったので手術は無事に終わった。術後の経過も順調であると医師から聞かされた。

朝陽を浴びた病室からは横浜港が臨めた。手前の公園で散歩や早朝ランニングをする人がカーテン越しに見えた。隣に聳えるマリンタワーを眺めながら、ただぼんやりとベッドに横たわった。

ふと奥歯の辺りに手を当てた。昨夜も歯軋りをしたのだろうかと純平は思った。

「おはようございます。深坂さん、調子はどうですか」

優しく微笑みながら、看護師が入ってきた。

「検温をお願いしますね」

「はい」

窓際に立った襟にピンクの入った白衣を着た看護師は、「カーテンを開けましょうか」と聞いてきた。

「窓も開けて朝の空気を入れてくれますか」

看護師は患者の言う通りカーテンを開け、窓を半開きにした。

「深坂さん、歩いても構いませんよ」

「もういいのですか」

「早めにリハビリしましょう。その方が体のためにもよいですから」

「中庭に出ても問題ありませんか」

「天気もよいのでどうぞ。念のためにパジャマの上に暖かいものを一枚羽織ってくださいね。寒くないようにしてもらえれば大丈夫ですよ」

純平はあまり気乗りしなかったが、「わかりました」と気のない返答をした。

看護師が半開きの窓をしっかり閉めて、検温の結果を記して部屋を出ていった。

ベッドに横になり、壁や天井をぼんやりと見やる。白の枕と白の布団カバーが妙に無機質に感じられて、純平は陰気な気持ちになった。

気晴らしにトイレに行ったついでに、中庭に出ようと思った。

腕に突き刺さっている点滴を支えるスタンドをギコギコと引きずりながら歩いた。たどたどしい足取りで何とかトイレまでは歩くことができた。トイレを出るといつの間にか下腹部を庇うように身体がくの字に曲がる。息も苦しくなるので仕方なく病室に戻った。


翌日もトイレまで歩いて行くのが精一杯であった。すぐに白で覆われた無機質な空間に舞い戻ってくる。歩くと息が上がる。ゼイゼイと胸が鳴る。へそから上がやたらと前かがみになりながら歩く。苦しくてついつい猫背になる。身体がくの字に曲がり、両脚を引きずる。点滴スタンドを引きずって歩く。

（これではとても中庭には出られない）

病室とトイレを繰り返し往来するうちに中庭の表示を発見した。それを見るにつけ今度は中庭までなんとか辿り着きたいと思った。

見舞いに来た萌々子が、

「散歩に出られるようになったらこの帽子を被ったらいかがですか」

「ああ、ありがとう」

壁に掛かった帽子を見た。ロンドンの高級住宅街であるベルグレイヴィアの自宅で、インド財閥のバジャイからもらったハンチングであった。

「今日は天気もいいし、暖かですから、中庭の白いバラを見るにはよい日和よ」

「バラか。バラは赤色じゃないのか」

「ここのバラは白よ。横浜の香り、セント・オブ・ヨコハマと言って、とてもきれいよ」


純平は、普通ならトイレからすぐに病室に戻るのだが、その日は体の調子も比較的よく、歩いても息も上がらなかった。それよりも、外気に少しでも当たりたいという気持ちが先にあった。

萌々子が持ってきたハンチングを被って中庭に出てみる気になった。

すると白いバラがすぐ目に留まった。バラを見るのによい日なのか、天気がよいから白いバラを見るのか、自分でもよくわからない。ただ、白いバラが意志の強そうな振りをして、こちらを見ているように思えた。
純平は、外気に触れに来ている同じような入院患者の様子を見て満足した。
そして、点滴スタンドを転がしながら病室に戻った。

純平はうずくまっていた自分から解き放たれたいと思った。四角の白い壁に囲まれた病室の窓を開け広げた。初夏前とはいえ海風は少し冷たく感じたが心地よかった。横浜港からの風を頬いっぱいに受けた。

いい仕事ができたとか、教育界に貢献できたのかなど、面倒なことはカモメの泣き声とともに流した。航行する船の汽笛を体いっぱいに受け止めた。

海を越えると陸があり、数多の国がある。遥か彼方のベンガル湾とアラビア海にはさまれたインド洋に思いを馳せた。

両瞼を広げて海の彼方を見つめていると、海は広く、どこまでも続いているのが見える。遠くへ行くほど深い碧色が連なる。

碧い大海原に向かって純平の心の鏡を掲げたいと思った。今も教育への情熱の高ぶりは消えていない。一個の人類になろうと思った。

遥かな波間に片手に帽子を携えた人がかすかに目に映る。ぼやけたその姿をしっかり見ようと瞼をこする。紺のフェルトクレマンの帽子だけがはっきりと映った。その人はこちらを向いて莞爾として優しく頷いた。

カモメが飛翔する。純平の耳もとにクラッパの音楽がかすめ飛ぶ。
ダルマチアの瞳は誰しもがその深く澄んだ美しさに魅せられる。
優しく微笑む自分を取り戻していた。
その日の花を摘むように、今をしっかり生きようと思った。

完

あとがき

人にものを教えることは古来、聖職とされてきた。

登場する人物の内面的開示を通して、人間社会の複雑さと難しさが露呈される。とにかく人間社会は思うようには生きられない。それでも生きていく価値を見出して前へ進む。困難に突き当たった時の身の処し方が人格を育て、人間を磨く。

本書が読者にとっての明日への糧となる一冊に加えていただければ幸せである。

二〇二四年十一月

御田　観月

著者プロフィール

御田 観月（みた かんげつ）

横浜市出身
早稲田大学大学院法学研究科修了
企業勤務の後、教育界に転身
茶道裏千家淡交会所属。学校茶道に精通し、茶道の振興に尽力する
オルゴールと世界のホテル、エアラインの便箋・封筒収集が趣味
読売教育賞など受賞
既刊書『ミネルヴァの梟』（幻冬舎メディアコンサルティング）

歯軋り 楕円と四角形

2025年1月15日　初版第1刷発行

著　者　御田 観月
発行者　瓜谷 綱延
発行所　株式会社文芸社
〒160-0022 東京都新宿区新宿1－10－1
電話 03-5369-3060（代表）
03-5369-2299（販売）

印刷所　株式会社エーヴィスシステムズ

ISBN978-4-286-26125-6